刘心武精选集

刘心武 著

给心房下一场雪

人民日报出版社

目 录
CONTENTS

第一辑　阳台上的蝴蝶

父亲脊背上的痱子 ………… *3*

美丽的藩篱 ………… *7*

跟陌生人说话 ………… *10*

神圣的沉静 ………… *14*

一剪梅 ………… *17*

丁香花又开了 ………… *21*

萧红的神秘魅力 ………… *23*

张中行先生二三事 ………… *26*

马季拿我抖包袱 ………… *30*

寄往仙界 ………… *33*

免费午餐 ………… *37*

童年：火的记忆 ………… *42*

冰箱贴下 ………… *47*

阳台上的蝴蝶 ………… *49*

父亲的咳嗽声 ………… *52*

野薄荷 ………… *55*

框住幸福 ………… *58*

藤萝花饼 ………… *61*

ZC 相册 …………………… 64

三室九床………………… 67

一赢……………………… 70

第二辑　人在胡同第几槐

炸酱面…………………… 75

中国美食………………… 79

王府喉掸………………… 83

皱皮苹果………………… 86

电话机旁的纸片………… 89

鱼寿星…………………… 92

有一株树………………… 95

我的绿宝石……………… 98

漫话阶梯 ……………… 101

神秘的恭王府 ………… 104

挪威森林猫 …………… 109

斯德哥尔摩长笛 ……… 112

圣马力诺钟声 ………… 115

比萨三妹 ……………… 118

普希金决斗处 ………… 121

托尔斯泰青冢 ………… 124

人在胡同第几槐 ……… 127

小风景与大环境 ……… 131

冰吼 …………………… 134

怒绿 …………………… 137

候春的秋叶 …………… 139

譬如朝露 …………… *143*

第三辑　给心房下一场雪

春从心出 …………… *149*
心里难过 …………… *152*
心灵百叶窗 …………… *156*
从一个微笑开始 …………… *159*
青春的门槛 …………… *161*
只结一颗樱桃 …………… *164*
有杯咖啡永远热 …………… *167*
给心房下一场雪 …………… *170*
我的心理保健操 …………… *172*
人情似纸 …………… *174*
快把好话说出口 …………… *177*
眼角眉梢 …………… *180*
万事开头易 …………… *183*
别怕崴泥 …………… *186*
微笑无价 …………… *188*
错过 …………… *191*
为你自己高兴 …………… *193*
水自天来眼波横 …………… *196*
在柳树臂弯里 …………… *199*
人间有味是清欢 …………… *202*
给心花以和风 …………… *206*
栽棵自己的树 …………… *208*
"杜丝"莫问邻 …………… *211*

隔锅饭儿香 ………… 214

第四辑　唱一首自己的歌

姐弟读书乐 ………… 219
生命的一部分 ………… 222
狼·蟒·牛·猫 ………… 224
读自己书架上的书 ……… 227
书中自有酒香来 ………… 229
书中自有茶香来 ………… 232
唱一首自己的歌 ………… 236
装满自己的碗 ………… 238
气盛出文 ………… 242
动物园里观植物 ……… 245

第一辑　阳台上的蝴蝶

父亲脊背上的痱子

我五岁时,本已同父母分床而睡,可是那时我不仅已能做梦,而且还常做噩梦。梦的内容,往往醒时还记得,所以惊醒以后,便跳下床,光脚跑到父母的床上,硬挤在他们身边一起睡。开头几次,被我搅醒的父母不仅像赶小猫似的发出呵斥我的声响,父亲还叹着气把我抱回到我那张小床上。后来屡屡如此,父母实在疲乏得连呵斥的力气也没有了,便只好在半醒状态下很不高兴地翻个身,把我容纳下来。而我,虽挤到了父母的床上,却依然心中充满恐怖,于是我便常常把我的身子,尤其是我的小脸,紧贴到父亲的脊背上,在终于获得一种扎实的安全感以后,我才能昏沉入睡。

我做的是些什么样的噩梦?现在仍残留在我记忆里,大体是被"拍花子"拐走的一些场景。那时,母亲和来我家借东西兼拉家常的邻家妇人,她们所摆谈的内容,绝大部分对我来说毫无意义,也不可能留下什么印象。但是她们所讲到的"拍花子"拐小孩的种种传闻,却总是仿佛忽然令我的耳朵打开了接收的闸门——尽管我本来可能是在玩胶泥,并在倾听院子里几只大鹅的叫声——她们讲到,"拍花子"会在像我这样的小孩不听大人的话,偷跑到院子外面去看热闹时,忽然走到小孩身边,用巴掌一拍小孩脑袋,小孩就别的什么都听不见看不见了，单只能听见"拍花子"说："走，走，跟我走啊跟我走……"也单只能看见"拍花子"身后的窄窄一条路，于是便傻呆呆地跟着那"拍花子"的走了，当然就再看不到爸爸妈妈，再回不到家了……这些话语嵌进我的小脑袋瓜，使我害怕得要命。特别是，每当这时我往妈妈她们那边一望，便会发现妈妈她们也正在望我，妈妈的眼光倒没什么，可那女邻居的一双眼睛，却让我觉得仿佛她已经看见"拍花子"在拍我了，我就往往歪嘴哭起来，用泥手去抹眼泪，便急得妈妈赶快来抓我的手……

我在关于"拍花子"拍我的种种梦境——一个比一个更离奇恐怖——中惊醒后，直奔父母那里，并习惯性地将脸和身子紧贴父亲的脊背，蜷成一团，很快使父亲的脊背上，捂出一大片痱子，并无望消失。开始，父亲只是在起床后烦躁地伸手去挠痒，但挠不到，于是便用"老头乐"使劲地抓挠。但那时父亲不过四十多岁，还不老，更不以此为乐，他当然很快就发现了那片痱子的来源，不过，在我的记忆里，父亲并没有因此而愤怒，更没有打我，只记得他对我有一个颇为滑稽的表情，说："嘿嘿嘿，原来是你兴的怪！"母亲对此好像也并不怎么在意，记得还一边往父亲脊背上扑痱子粉，一边忍俊不禁地说："你看你看，他这么个细娃儿，他就发起梦铳来啦！""发梦铳"就是因做梦而呈现古怪的表现，但母亲似乎从未问过我，究竟都做过些什么梦。

弗洛伊德，当然很了不起，但他那关于儿子多有"恋母情结"和"弑父情结"的潜意识等论述，于我的个人经验，实在是对不上号，尤其是对父亲的感情记忆，最深刻的，是我在极端恐怖时，得到了他脊背的庇护，且给他长期造成了一片难息的痱子，他又并未因此给我以责罚，我感激还来不及，怎会生"弑父"之心？父亲的脊背，并不怎样宽阔雄厚，我现在回忆起来，也并无更丰富的联想，比如后来他又如何以"无形的脊背"，给我以呵护和力量等等。而且，情形还恰恰相反,他年过半百之后,对我的亲子之情虽依旧,对我的学业、前程、着落等大事,竟懒得过问,甚至撒手不管。记得我上中学以后,班主任来找家长,他招呼一下,便自己看报,母亲跟班主任谈完后,跟他说,老师要走了,他便站起来点头送客。这时老师话语中提及了我们学校的名字,他竟脱口而出地说:"怎么,心武是在二十一中上学吗?"我上到高中,换了学校,他还是闹不清,递给他成绩单,他草草拿眼一浏,好坏都不感兴趣。据说我大哥小的时候,常因成绩不佳,挨他打屁股,打得很是认真。母亲后来对我说,父亲是因为管孩子"管伤了"(腻烦了),所以到我这老五,便听之由之,全权交由母亲来管教。一九六〇年,父亲由贸易部调到一所部队院校任教,他和母亲去了张家口,当时哥哥都在外地,姐姐已出嫁,我还在上学,父亲却把北京的宿舍全部交出,让我去住校,不给我留房——那时贸易部是完全可以给家属留房的,另外同时调去的就给家里人留了房。但父亲觉得我应该过住校的生活,并完全独立。那时,我还未满十八周岁。

父亲在七十三岁那年过世(母亲则是在八十四岁那年),他那曾被我揞出痱子的脊背,自然连同他身体的其他部分一样,都化作了骨灰。父亲不是名人,一生不曾真正发达过,他的坎坷比起很多知识分子的遭遇来,也远不足以令人长太息,他的同辈友人,几乎也都谢世,现在能忆念他的,也就是我们四个子女(大哥先他而逝),而我对他的忆念,竟越来越只集中在他那脊背因我而揞出的一片痱子上。在人类漫漫的历史中,在无数轰轰烈烈、惊心动魄的世事中,这对我父亲脊背上那片赤红鼓凸的痱子的忆念,是否极卑微、极琐屑,而且过分的私密了?

不,我不这样看。在这静静的秋夜里,我回忆起父亲脊背上的那片痱子,我想到了一个伟大的话题,这个话题常常被我们所忽略,那就是父爱。我们对母爱倾泻的话语实在已经太多太多,甚至于把话说绝:"世上只有妈妈好!"其实,仅有妈妈的爱,人子的心性是绝不能健全的。世界、人类,一定要同时存在着与母爱同样浓酽的父爱,我指的是那种最本原的父爱,还暂不论及养和教,不论及熏陶和人格影响。

所谓"阴盛阳衰",是时下人们对我们中国体育竞赛状况常有的叹息,其实,就母爱和父爱的外化状况、宣揄程度、研究探讨,特别是内在的自觉性和力度上,我们似乎也是"阴盛阳衰"。中国男人要提升阳刚度,浓酽其父爱,也应是必修课之一!

我自己现在已年过半百,比背上捂出一片痱子的父亲那时,还老许多,我的儿子,也已经很大,扪心自问,我对儿子,是有那最本原的父爱的。我常常意识到,不管怎么说,他和我,有一种永远无法摆脱的、宿命的链环关系。他的基因里,有我的遗传,我不能不给予他一种特别的感情,并企盼这种感情能够穿越我们的生命,穿越世事,并穿越我们的代间冲突(那是一定会有的),而熔铸于使整个人类得以延续下去的因果之中。

直到这个静静的秋夜,我还没有把父亲脊背上的痱子,讲给儿子听。不讲了,既然写下了这篇文章,儿子现在不读我的文章,虽然他以我写文章而谋生暗暗自豪。儿子说过,不着急,我的书就在书架上,总有那么一天,他会坐下来,专门读我的书。我希望他会在一个集子里发现这篇文章,那时,也许他已经有自己的儿子或女儿了,他心里会涌出一股柔情,想到:你看,父亲从爷爷那里得到过,我从父亲那里得到过,我还要给予我的孩子,那是很朴素很本原的东西,一种天然的情感磁场,而这链环般的连续"磁化",也便永恒。

美丽的藩篱

一九五四年春天，我十二岁，在北京隆福寺小学上学。有一天，学校停课，老师带领我们到猪市口大街（今珠市口大街——编者注）南边参加义务劳动。那一片地方现在广为人所知，就是中国美术馆所在地。记得那一年还没有修建中国美术馆，只是拓宽马路，好把从朝阳门、东四到沙滩一直通往西四的道路疏贯。工人师傅们已经把那一片地方的房屋拆得差不多了，参加义务劳动的人们只需把一些未及清理的砖瓦碎木集中到指定的地方去。

到了工地，只见早已有很多大人在其中忙碌。那时我系着红领巾，在老师带领下干得满头大汗，一身是灰，却满心高兴，生怕落后。

且说我正忙着把一摞砖头抱到指定的集中点去，忽然看到了我的妈妈，吃了一惊。因为清晨妈妈给我热早点时，并没有说起来这地方参加义务劳动的事呀！但是我很快也就想明白，一定是我上学以后，街道上才通知居民们来义务劳动，好各方齐心协力，把那片拆迁地的清理工程抢完。妈妈年轻时当过小学教师，那时却成了家庭妇女，可是她热心街道工作，看得出来，在工地上，妈妈的角色就像我们的班主任老师一样，从工地指挥部那儿领到具体任务后，带领我们家所在的钱粮胡同海关宿舍的居民们，去往指定的区域清场。她细致分工、身先士卒,大家兴高采烈地干了起来。妈妈当时年过半百,相当胖,干起搬运杂物的粗活自然十分吃力,脸涨得通红,可是浑身溢出春风,仿佛是一种难得的享受。我家自一九五〇年从重庆迁到北京以后,眼见着北京市政府疏浚什刹海、翻修下水道、增敷自来水设施、开辟一条又一条的公共汽电车线路……爸爸妈妈提起来总是赞不绝口,现在能亲自参加提高首都生活品质的工作,妈妈那种心甘情愿的劲头,自然体现在每一个动作里。

我望见了妈妈,而且,妈妈一定也望见了我,我除了没有大声地呼唤她,整个儿的表情身姿都在拼命地朝她显示:嘿!我在这儿啦!可是,令我非常失望并且惊诧的是,妈妈眼光从我身上掠过时,却仿佛是看到一个她并不认识的孩子,倒也不是冷淡,她脸上分明有着微笑,然而那只是看到任何一个参加义务劳动的少先队员时都有的微笑,而不是我所期盼的那种看到她最心疼的幺娃儿的特殊笑容!我几次试图接近她,并且频频以夸张的肢体语言以期引起她的关注,然而她却依然不给我哪怕只是表情上的一个小小的特殊回报!惶急中,我一个趔趄,跌倒在地,磕破了腿,我恨恨地望着那边的妈妈,心想难道你还不来管我吗?可是,她却直起腰来,耐心地跟一位去问她什么事的老大爷解释起来……班主任老师赶过来,扶起我,并且忙带我去找卫生站清洗伤口、涂红药水。

当时的我,怎么也弄不明白,妈妈为什么在义务劳动的工地上不格外地关照我。那天从学校回到家里,妈妈正在厨房里烧我最爱吃的豆瓣鲫鱼……晚饭前,她仔细查看了我腿上磕破的地方,说不要紧的,又嘱咐我先洗个脸再吃饭,晚上要洗个澡……晚上洗了澡,我忙着赶作业,也就没有问妈妈,为什么在那工地上,她对我视而不见。

这事我始终没有追问她。其实越到后来,越用不着问。这类的事后来经常出现,都很细小,形态不一,含蓄微妙,然而如雪花飘落积累,使我的认知越来越澄澈清明:那就是妈妈一再地在我生命的活动空间中,设置出无形的藩篱,使我懂得,藩篱的一边是我们温馨的家,在这个区域中,我尽可享用亲情,悠游自在,甚或无妨偶尔撒娇使性;而藩篱的另一边,是公众社会以及他人所在,我要从小懂得,在公众社会中不可仗恃或依赖亲情温恤,并且他人一般来说不可能,也无义务给我以"幺娃儿"式的宠溺优待,我必得一天天地长大成人,应尽早习惯于在公众社会中奉献,学会与他人耐心磨合,艰辛劳作,独立生活!

当然,爸爸和妈妈是同样的态度,但他总是很忙,我十七岁离家独立生活以前,给我以深重影响的是妈妈。她为我设置的藩篱,是无形而美丽的。这是她给予我的最重要的精神遗产。我的人生已过中途,回顾往事,我有过许多的错失,有时甚至是重大的失误,然而,托庇于妈妈给我的教养,我从来没有犯过公私不分,或人我不分的错误,并且,我总是能像她那样,把自家藩篱内的东西贡献给藩篱外的社会和他人时,只觉得欢愉,而视任何将藩篱外的公家或他人的东西据为己有为奇耻大辱。一九八八年,电脑在中国还是相当珍奇的东西,一位大款朋友送了我一台电脑以助我写作,我毫不犹豫地将那电脑给了当时我任职的单位。恰在那一年,妈妈不幸在成都仙逝,我在流泪祭奠妈妈时,心中告慰她说:您为我设置的人生藩篱,我要再传给您的孙子,那将是常青的藩篱!

跟陌生人说话

父亲总是嘱咐子女们不要跟陌生人说话，尤其是在大街、火车等公共场所，这条嘱咐在他常常重复的诸如还有千万不要把头和手伸出车窗外面等训诫里，一直高居首位。母亲就像安徒生童话《老头子做事总是对的》里面的老太太，对父亲给予子女们的嘱咐总是随声附和。但是母亲在不要跟陌生人说话这一条上却并不能率先履行，而且，恰恰相反，她在某些公共场合，尤其是在火车上，最喜欢跟陌生人说话。

有回我和父母亲同乘火车回四川老家探亲，去的一路上，同一个卧铺间里的一位陌生妇女问了母亲一句什么，母亲就热情地答复起来，结果引出了更多的询问，她也就更热情地絮絮作答，父亲望望她，又望望我，表情很尴尬，没听多久就走到车厢衔接处抽烟去了。我听母亲把有几个子女、都怎么个情况，包括我在什么学校上学什么的都说给人家听，急得我直用脚尖轻轻踢母亲的鞋帮，母亲却浑然不觉，乐乐呵呵一路跟人家聊下去；她也回问那妇女，那妇女跟她一个脾性，也絮絮作答，两人说到共鸣处，你叹息我摇头，或我抿嘴笑你拍膝盖。探亲回来的路上也如是，母亲跟两个刚从医学院毕业并分配到北京去的女青年言谈极欢，虽说医学院的毕业生品质可靠，你也犯不上连我们家窗外有几棵什么树也形容给人家听呀。

母亲的嘴不设防。后来我细想过，也许是像我们这种家庭，上不去够天，下未堕进坑里，无饥寒之虞，亦无暴发之欲，母亲觉得自家无碍于人，而人亦不至于要特意碍我，所以心态十分松弛，总以善意揣测别人，对哪怕是旅途中的陌生人，也总报以一万分的善意。

有年冬天，我和母亲从北京坐火车往张家口。那时我已经工作，自己觉得成熟多了。坐的是硬座，座位没满，但车厢里充满人身上散发出的秽气。有两个年轻人坐到我们对面，脸相很凶，身上的棉衣破洞里露出些灰色的絮丝。母亲竟去跟对面的那个小伙子攀谈，问他手上的冻疮怎么也不想办法治治，又说每天该拿温水浸它半个钟头，然后上药。那小伙子冷冷地说："没钱买药。"还跟旁边的另一个小伙子对了对眼。我觉得不妙，忙用脚尖碰母亲的鞋帮。母亲却照例不理会我的提醒，而是从自己随身的提包里，摸出里面一盒如意膏，那盒子比火柴盒大，是三角形的，不过每个角都做成圆的，肉色，打开盖子，里面的药膏也是肉色的，发散出一股浓烈的中药气味。她就用手指剜出一些，给那小伙子放在座位当中那张小桌上的手在有冻疮的地方抹那药膏。那小伙子先是要把手缩回去，但母亲的慈祥与固执，使他乖乖地承受了那药膏，一只手抹完了，又抹了另一只。另外那个青年后来也被母亲劝说得抹了药。母亲一边给他们抹药，一边絮絮地跟他们说话，大意是这如意膏如今药厂不再生产了，这是家里最后一盒了，这药不但能外敷，感冒了，实在找不到药吃，挑一点用开水冲了喝，也能顶事；又笑说自己实在是落后了，只认这样的老药，如今新药品种很多，更科学更可靠，可惜难得熟悉了……末了，她竟把这盒如意膏送给了对面的小伙子，嘱咐他要天天给冻疮抹，说是别小看了冻疮，不及时治好抓破感染了会得上大病症。她还想跟那两个小伙子聊些别的，那两人却不怎么领情，含混地道了谢，似乎是去上厕所，一去不返了。火车到了张家口站,下车时,站台上有些个骚动,只见警察押着几名抢劫犯往站外去。我眼尖,认出里面有原来坐在我们对面的那两个小伙子。又听有人议论说,他们这个团伙原是要在三号车厢动手,什么都计划好了的,不知为什么后来跑到七号车厢去了,结果败露被逮……我和母亲乘坐的恰是三号车厢。母亲问我那边乱哄哄怎么回事?我说咱们管不了那么多,我扶您慢慢出站吧,火车晚点一个钟头,父亲在外头一定等急了。

母亲晚年,一度从二哥家到我家来住。她虽然体胖,却每天都能上下五层楼,到附近街上活动。她那跟陌生人说话的旧习不改。街角有个从工厂退休后摆摊修鞋的师傅,她也不修鞋,走去跟人家说话,那师傅就一定请她坐到小凳上聊,结果从那师傅摊上的一个古旧的顶针,俩人越聊越近。原来,那清末的大铜顶针是那师傅的姥姥传给他母亲的,而我姥姥恰也传给了我母亲一个类似的顶针。聊到最后的结果,是那丧母的师傅认了我母亲为干妈,而我母亲也就把他带到我家,俨然亲子相待。邻居们惊讶不已,我和爱人孩子开始也觉得母亲多事,但跟那位干老哥相处久了,体味到了一派人间淳朴的真情,也就都感谢母亲给我们的生活增添了丰盈的乐趣。

母亲八十四岁谢世,算得高寿了。不仅是父亲,许多有社会经验的人谆谆告诫——不要跟陌生人说话,实在是不仅在理论上颠扑不破,因不慎与陌生人主动说了话或被陌生人引逗得有所交谈,从而引发出麻烦、纠缠、纠纷、骚扰乃至于悲剧、惨剧、闹剧、怪剧的实际例证太多太多。但母亲八十四年的人生经历里,竟没有出现过一例因与陌生人说话而招致的损失,这是上帝对她的厚爱,这是证明着即使是凶恶的陌生人,遭逢到我母亲那样的说话者,其人性中哪怕还有萤火般的善,也会被煽亮。

父母都去世多年了。母亲与陌生人说话的种种情景,时时浮现在心中,浸润出丝丝缕缕的温馨。但我在社会上为人处世,却仍恪守着父亲那不要跟陌生人说话的遗训,即使迫不得已与陌生人有所交谈,也一定尽量惜语如金,礼数必周而戒心必张。

前两天在地铁通道里,听到男女声二重唱的悠扬歌声,唱的是一首我青年时代最爱哼吟的《深深的海洋》:

> 深深的海洋,
> 你为何不平静?
> 不平静就像我爱人,
> 那一颗动摇的心……

歌声迅速在我心里结出一张蛛网,把我平时隐藏在心底的忧郁像小虫般捕粘在了上面,瑟瑟抖动。走近歌唱者,发现是一对中年盲人。那男士手里捧着一只大搪瓷缸,不断有过路的人往里面投钱。我在离他们很近的地方站住,想等他们唱完最后一句再给他们投钱。他们唱完,我向前移了一步,这时那男士仿佛把我看得一清二楚,对我说:"先生,跟我们说句话吧。我们需要有人说话,比钱更需要啊!"那女士也应声说:"先生,随便跟我们说句什么吧!"

我举钱的手僵在那里再不能动,心里涌出层层温热的波浪,每个浪尖上仿佛都是母亲慈蔼的面容……母亲的血脉跳动在我喉咙里,我意识到,生命中一个超越功利防守的甜蜜瞬间已经来临……

神圣的沉静

还记得童年在重庆的一些事。我家住在南岸狮子山,从那里可以到一座更高的真武山去游览。真武山上有段路非常险,靠里是陡峭的山岩,靠外是极深的悬崖。那天玩得很开心,返回时,我故意贴在悬崖边上走,还蹦蹦跳跳的,甚至以颠连步跃进。七岁的我还不懂生命的珍贵。那样做,有存心让母亲看见着急的动机。那悬崖下面的谷地荒原里凸现着一块怪石,那石头自然生成盘蛇的状态,当中的一块耸起活像蛇颈和蛇头。传说结了婚的男女,从悬崖上往下掷石头,如果掷中了那条石蛇的身子,就能生个儿子。混混沌沌的我自以为也懂得成年人的事情,听大人们有那样的议论,想起自己也同邻居女孩子玩过扮新郎新娘的游戏,竟然也拾起石块朝悬崖下奋力掷去,把握不好投掷的重心,身体的姿势从旁看去就更惊心动魄了。

还记得那天母亲的身影面容。她紧靠着路段里侧的峭壁,慢慢地走动。她一定后悔转到那段路以前没能牢牢牵着我的手,把我控制在她身边,她自己往前挪步,眼睛却一直盯在我身上。我顽皮地蹦跳投掷,不住地朝她嬉笑,呕她,气她,悬崖边缘就在我那活泼生命的几寸之外。事后,特别是长大成人后,回想起母亲在那段时刻的神态,非常惊异,因为按一般的心理逻辑与行为逻辑,母亲应该是惶急地朝我呼喊,甚至走过来把我拉到路段里侧,但她却是一派沉静,没有呼喊,更没有吼叫,也没有要迈步上前干预我的征兆,她就只是抿着嘴唇,沉静地望着我,跟我相对平行地朝前移动。

那段险路终于走完,转过一道弯,路两边都是长满芭茅草和灌木的崖壁了,母亲才过来拉住我的手,依然无言,我只是感受到她那肥厚的手掌满溢着凉湿的汗水。

直到中年,有一天不知怎么的提及这桩往事,我问母亲那天为什么竟那样的沉静。她才告诉我,第一层,那种情况下必须沉静,因为如果慌张地呼叫斥责,会让我紧张起来,搞不好就造成失足;第二层,她注意到我是明白脚边有悬崖面临危险的,是故意气她,尽管我不懂将生命悬于一线是多么荒唐,但那时的状态是有着一定的自我防险意识与能力的,一个生命一生会面临很多次危险,也往往会有故意临近危险也就是冒险行动,她那时觉得让我享受一下冒险的乐趣也未为不可。我很惊讶母亲那时能有第二层次的深刻想法。

母亲去世快二十年了,她遗留给我的精神遗产非常丰厚,而每遇大险或大喜时的格外沉静,是其中最宝贵的一宗。我写第一个长篇小说《钟鼓楼》时,母亲就住在我那小小的书房里,我伏桌在稿纸上书写,母亲就在我背后,静静地倚在床上读别人的作品。我有时会转过身兴奋地告诉她,我写到某一段时自我感觉优秀,还会念一段给她听。她听了,竟不评论,没有鼓励的话,只是沉静地微笑,而且,有时她还会把手头所读的一篇作品的某些内容讲一下。那作品是一位同行写的,我没时间读,也并不以为对我有什么参考价值,不怎么耐烦听母亲介绍。母亲自然是觉得写得挺好,但她也并不加些褒扬的话语,她就是沉静地给我客观讲述,毫不啰嗦,具有点穴的效果。后来《钟鼓楼》得了茅盾文学奖,那时母亲已到成都哥哥家住,我写信向他们报喜。母亲也很快单独给我回了信,但那信里竟然只字未提我获奖的事，没什么祝贺词，但语气沉静地嘱咐了我几件家务事，都是我在所谓事业有成而得意忘形时最容易忽略的。

二〇〇〇年第三次去巴黎，又去卢浮宫看达·芬奇的《蒙娜丽莎》，在众多的观赏者中，我忽然产生了一个非常私密的感受，那就是蒙娜丽莎脸上的表情并不一定要概括为微笑，那其实是神圣的沉静，在具有张力与定力的静气里，默默承载人生的跌宕起伏、悲欢聚散、惊险惊喜。那时母亲已仙去十二年。我凝视着蒙娜丽莎，觉得母亲的面容叠印在上面，继续昭示着我：无论人生遭遇到什么，不管是预料之中还是情理之外，沉静永远是必备的心理宝藏。

第一辑　阳台上的蝴蝶

一剪梅

　　钟点工小孙有回望着我忍不住抿嘴笑，我问她笑什么，她反问我："您怎么每个信封都要拆开呀？"原来，请她帮忙的有很多家也是信件很多的，但那些家的主人从来都只是挑出些必要的拆开，其余的径直当作垃圾扔掉。有位评论家，因为兼着几种奖项的评委，还对某些排行榜有权威性影响力，所以各种赠阅的报刊新书，还有难计其数的邀请函、讨教稿、求情信，雪片冰雹般涌到他家，他开头还皱皱眉头，后来连表情也没有，只是坐在沙发上，用脚推推那些从地板上码起一尺高的未开封邮件，嘱咐小孙拿去及时处理掉。小孙拿去当废纸卖之前，是必须拆封归类的，虽然她识字有限，经手多了，对许多牛皮纸大信封上的机构名称，以及若干报刊的报头封面特征，渐渐熟悉，因为我所拆开的报刊与那位评论家相同的种类不少，见我居然每回一一照拆不误，除了留下的，其余以"对角线阅读法"浏览后，也是请她拿去处理，与那位评论家的区别不过是五十步与百步之差，因此禁不住笑我"多此一举"。

　　小孙虽然笑过我，但如今只要见我散步回来，坐到沙发上，面对一摞邮件，就会马上把我书桌上那把绿柄剪刀取来递到我手中。我拆任何邮件，不论大小厚薄，一律不用手撕而用剪刀开封，这习惯她也知道了。有的邮件看清封皮就会知道拆开它只是耽搁工夫，但我还是必用剪刀开封，取出内容用眼睛匆匆一扫。究竟我是怎么养成这种每信必拆的习惯的？细究起来，母亲对我的影响是决定性的。

在我童年记忆里，不仅永远镶嵌着母亲慈蔼的面容，更有她那祥和的语音。我很小的时候，母亲就教子女们吟诵过一首宋词，她所强调的是这样两句："云中谁寄锦书来？雁字回时月满楼。"她告诉我们，古时候有人把书信系在大雁的腿上，也有人把书信塞到鱼的肚子里，寄给家里；她说让大雁带信的办法好，因为并没伤着大雁，让鱼带信的办法很不好，因为要把鱼杀死，剖开肚皮取出信来。后来我才知道，母亲跟子女们讲这些的时候正是抗日战争最艰难的阶段，父亲在重庆工作，让母亲带着孩子们回乡下躲日本飞机的轰炸，因此书信来往对父母来说成为生命的支柱之一，但彼时邮路难以顺畅，那两句宋词成为了母亲常吟诵的心音，也就成为自然而然的事情了。

长大后我读宋词选，知道母亲吟诵的是李清照的《一剪梅》，但词选里印的是"云中谁寄锦书来？雁字回时，月满西楼"。我去告诉母亲，她把句子记错了，母亲却坚持说她当年拥有的刊行本里就是没有那个"西"字。母亲说李清照选用《一剪梅》这个词牌真是别具匠心，因为用剪刀把信封剪开，抖出里面的信瓤时，确实有获得一枝梅花的感觉。我笑着批评母亲："您的感觉太个人化了！"母亲承认，还跟我说，其实人在一生里，会有很多感觉是个人化的，因为那往往跟个人的某些特别的遭遇相关联。她因此又提及很早的时候，有一部无声电影《一剪梅》，阮玲玉主演的，那部电影就告诉人们，给别人的信是绝不能乱拆的，给自己的信则无论谁写来的都应该拆阅。母亲去世多年以后，我购得《一剪梅》的光盘，以极大的好奇心观赏了它，发现那是一部从剧情到手法都很幼稚的言情片，阮玲玉当时的演技也还稚嫩，影片绝对没有母亲概括出的那个关于对待邮件的主题，但影片里确实有几处细节与信有关,其中一个细节是阮玲玉扮演的那位小姐把丫头递给她的一封信拆看后立即撕成几半,但等丫头离开后,又捡起来拼拢细看。啊,我明白了,观看这部影片时母亲是一个特殊观众,那细节一定触发了她对自己生命历程中一个重要关坎的感受。是这样,没错,记得母亲跟我们子女讲过,当年她作为父亲的未婚妻,长期跟我爷爷婆婆住在北京,婆婆去世后有了个后婆婆,爷爷一个人去往广东参加大革命去了。这位留在北京的后婆婆先是逼我们父亲离家闯荡,后来就想方设法要把母亲轰出家门,父亲当时没在社会上立住脚,行踪不定,无法接出母亲完婚,一个弱女子,往哪儿去呢?正当绝望之时,一天她发现所住的小屋门外的泔水缸里,漂着一封撕成几半的信,她赶紧掏起来,拼合起来细辨字迹,原来那是爷爷的老友孙炳文写给她的信,说是听到了她的情况,甚为同情,让她赶紧按地址到他家去住下,再商谋下一步的出路。显然那是后婆婆故意把那信扔到她门外泔水缸里的,以此既表示对孙炳文和她的轻蔑,又借此让她能够看到信上的信息,自动"滚蛋"。孙炳文是中共早期党员,在"四一二"白色恐怖中被杀害,成为彪炳史册的烈士。母亲被孙炳文收留后,受到熏陶,思想更加开明,并在其帮助下终于与父亲正式结合。以母亲的这段故事为戏核,其实可以拍出比当年那部言情戏更有深度的《一剪梅》来,不是吗?

  尽管母亲与信件的关系里,有不少非常个案的因素,但那绝不能拆阅别人的信件,以及给自己的信件无论如何都要拆阅,在这方面的叮嘱与以身作则,作为对我们子女为人处世的教养之一,仍是值得珍视的。二十多年前我暴得大名,邮件量猛增,一部分是为约稿而寄赠我的报刊,一部分是从各处转来的读者来信,亲友的来信相比之下数量最少。那时母亲住在我处,我在她面前将所有信件一一开拆,有回我剪开一本杂志的封套后,才发现上面虽写着我的地址却是寄给另一同行的,听我"呀"了一声,母亲问我怎么回事,听我告之后她嘱咐我要把那杂志转寄人家,并附信就没看清封皮便贸然拆开道歉。我不耐烦起来,跟母亲说那不过是寄刊的人把我跟那位同行的地址打印错了,反正双方都能得到杂志,何必那么啰嗦?母亲没再说什么,但脸色很不好看。把所有邮件都拆完后,我到底还是给那位同行打去了电话,开头他呵呵笑,说这太算不得件事儿,后来听我说到母亲的意见,他沉吟了一下跟我说:"为你高兴,有这么一位给你好教养的母亲……你跟伯母说,我会很快给他们写信,让他们把给咱俩的打印签更改过来!"对于所拆开的读者来信,我浏览后常把内容转告母亲,有的来信者不谈对我作品的印象意见,却是让我替他解决冤情,母亲对我不能作复能够理解,但肯定我一律拆阅的做法,她说:"虽是一面之词,但总能让你多知道些人间的事情和各样的心思,也算是开卷有益吧。"

  母亲去世十几年了,她哪知道当今世界上不仅有匿名信、恐吓信、敲诈信、开拆即爆的炸弹信,更有塞进炭疽的害命信,以及不管你愿不愿意硬给你寄来的种种推销商品的广告。如今我每天接到的邮件仍然很多,其中就包括一些不知道从什么地方弄到我地址硬寄来的商品广告。我意识到,恪守母亲那凡给自己的来信必拆开方是为人之礼的教诲,不仅没必要,也难彻底履行,可是习惯使然,一旦面对成摞的邮件,便禁不住剪刀大动,而且往往还会浮现出关于《一剪梅》的种种联想,觉得绝大多数寄我邮件的机构与人士实在都是出于善意,启封后仿佛真有剪下的梅枝在氤氲出阵阵清香,对母亲的怀念也便随之酽酽旋起,真个是"此情无计可消除,才下眉头,却上心头"。

第一辑　阳台上的蝴蝶

丁香花又开了

我一直称宗璞为大姐。同我称林斤澜为林大哥一样,我觉得宗璞大姐叫起来又亲热又顺口。

宗璞大姐视我为写作的同行,我的学识、教养、艺术感觉都远逊于她,读她的作品,时有自觉形秽之感。但与宗璞大姐促膝闲谈,却又并不感到心虚气短。她总能引发出我最佳的心理状态,往往在她很平易的诱发中,我忽出妙语,迭现奇想,令她和我都很快活。

宗璞大姐对我的作品相当关注,她读得细,把得严,常常提出直截了当的批评,比如她读完我那《这里有黄金》便说:"后面一节,应该整个儿删掉!"又指出我一篇作品里乱用了"唏嘘"这个词,我用这词来表示"小声叹息",当然是错了,这词的意思是"抽泣的急促呼吸"。但她若表扬,那也是非常干脆的。我有篇几乎谁都不注意的小说《巴黎长生不老药》,她品过后说:"唔,这说明作者很会叙述。"我听了真差点儿蹦起来,不过我拼命抑制住强烈的反应,不为别的,宗璞大姐身体很弱,在她眼前即使是因为高兴而像爆竹那样报喜,也很可能让她难以承受。

我哥哥从四川出差来北京,我跟他提起宗璞大姐,他大惊,问:"你说的是不是冯钟璞?"我说是,她笔名宗璞,哥哥正色道:"你怎么可以这样乱叫！你该叫她冯阿姨！"

原来，我祖父跟宗璞父亲冯友兰有交往，他们是称兄道弟的，而且我母亲在年轻时，曾于生活最困难的阶段，被孙炳文先生收容，而孙先生的夫人，便是冯友兰夫人的亲妹妹，我母亲那时也常见到冯先生冯夫人，称为叔叔和阿姨，我母亲既然与宗璞同辈，我当然该叫宗璞阿姨才对。

我承认我叫宗璞大姐是串了辈分了，可毕竟我们家跟她家并无什么血缘关系。我也不想借助于祖辈父辈的旧关系，来显示我跟宗璞似乎有什么超出文坛诸友们的特殊缘分。我想我与宗璞就是一种纯朴的共同爱弄文学的关系。我就还是叫她宗璞大姐。宗璞知道我们两家祖辈父辈的关系后，颇觉有趣，引我拜见冯老先生时，特意提起我祖父，告诉他："这是刘云门的孙子！"冯老先生于是喜形于色地回忆起当年我祖父和另一祖辈友人的趣事来，喃喃道出，但一来他是浓重的河南口音，二来他年老舌硬，我都没有听懂，出了冯老先生书房，宗璞嘱咐我："你就还叫我大姐！"我真高兴。

宗璞大姐所住的燕南园居所后窗外，有大株的丁香树；这些年她几乎每年春天都要给我来电话，约我和妻子去赏丁香花。我们只去过一次，我捧回了大束的丁香花，并由此写成了畅述自己生活观的《生活赐予的白丁香》。我还记得，那回随宗璞大姐在北大校园中漫步，忽然发现有一丛紫丁香树，它的根系中蹿出了一个花穗，竟然离地两寸，便迫不及待地烂漫开放，那情景令我和妻子，以及宗璞大姐和她的先生都非常感动，我们意识到，生命之花的尊严，正在于勇敢地绽开自己！

转眼又是新春，丁香花又开了。宗璞大姐，我们心中的花穗，又该绽吐出怎样的芳馥？

萧红的神秘魅力

一九八〇年到一九八六年，我在北京市文联当了六年专业作家。那时候还不兴将专业作家"折合"为行政级，没有什么一级、二级之分。但作家们开会，必分为两组，而且要错开时间。开头我懵懵懂懂不知何以为此，一次我们那组开会，一贯给我忠厚温和印象的骆宾基老前辈，在一位发言者平淡的话语中，忽然满脸溅朱地大声插入一句："端木是个坏人！"大家愕然，发言者才知自己不该偶然提到端木蕻良，我事后听林斤澜大哥指点，才知道事情原委。

萧军、端木蕻良、骆宾基三位东北籍作家，都深爱同籍的萧红，他们老辈子的感情纠葛，我们晚辈不好去问。萧红一九四二年二月病逝于香港，享年不过三十一岁。萧军是把萧红从困顿中解救出来的生死恋人，到上海后又一起深得鲁迅喜爱——甚至可以是溺爱，但他们终于因性格冲突分手。萧红后来跟端木结合，又一起流亡到香港，两人在香港各自写出了最重要的作品，尤其萧红，出手了堪称经典的《呼兰河传》。但日军突占香港，在一片混乱中，病笃的萧红几经转移，最后在临时作为医院的圣士提反女子学校的小楼里奄奄一息。按多年来一直苦苦追求萧红的骆宾基的说法，端木是在最关键的时刻遗弃了萧红，萧红在绝望中遂接受了骆的求爱，表示愿和他结婚；

但端木其实是筹措医药费去了,并且在"失踪"若干时间后,又带钱赶回到了萧红病床边,萧红撒手人寰后,他们两人一起操持了火化,并连袂将骨灰埋葬在了浅水湾丽都花园海滨,不过端木自己准备了一只花瓶,装入了一部分萧红骨灰,后来埋在了圣士提反女子学校花园凤凰木下。那以后三位男士都分别娶妻生子。我在他们晚年得以接近他们,发现他们家里别的方面差异很大,有一点却绝对相同——萧红的照片,大大小小,出现各处,三位妻子对此绝无意见,子女们也都安然接受。端木一九九六年去世后,陪伴他年头远超过萧红的妻子钟耀群,还认真执行他的遗嘱,将端木的一半骨灰,拿到香港圣士提反女子学校与萧红"仙会"。

　　三位跟萧红全有过铭心刻骨爱情的男士,直到晚年也不能和谐,萧军较为潇洒,跟那两位大体上还能以礼相待;骆宾基不能见到端木,提起来搞不好就激动得浑身发抖;端木呢,他十分儒雅,但有时为躲避骆宾基,拄着拐杖加快步伐,也难免现出尴尬。其实,三位老辈子在我眼中,都属性情中人,都很可爱。他们之间那点是非,在我看来无是无非,只不过我一直觉得实在神秘:怎么萧红竟有那么大的魅力,能把这三位都绝非庸常之辈的男士,即使历经了那么多的政治社会风云,甚至在穿越炼狱后,仍能丝毫不减对她的挚爱,甚至可以说是崇拜?而且,这份如同对待女神般的真爱,还能渗透到他们后来的家庭,究竟秘密何在?

　　林斤澜大哥告诉我,一次闲聊他偶然说冰心是二十世纪中国最杰出的女作家,没想到骆老又激动起来:"那么,萧红呢?啊?"我曾对端木老说,他的《鸊鹭湖的忧郁》真好,他蔼然认真地指导我:"《呼兰河传》才真好,要细读。"萧军老则对我说过:"你写城市,写街,这街那街,没人写得过《商市街》!"

　　他们三位毕竟亲近过萧红。在美国,见到葛浩文,那可是地道洋人,他年纪跟我差不多,哪里见萧红去?他家里竟也挂摆着不止一张萧红的像,他翻译萧红的小说,还写了本《萧红新传》,又多次去往萧红故乡,踏访萧红生命轨迹所至,到了萧红墓地,简直如同进了圣殿,满心崇敬,一腔爱意。噫,萧红萧红,你魅力一至于此,当代女作家,几人修得到?

张中行先生二三事

头一回见到张中行先生,是二十世纪九十年代初,在一次婚礼上。他当主婚人。记得他戴一顶法兰西帽,妙语如珠,还伴之以丰富的肢体语言。我颇吃惊。我原来把他想象成一个沉静缄默的人。也许他确有那一面,那甚至是他更经常的一面,但我没机会见到他的沉静,我跟他头一回谋面,他就把其活泼挥洒的一面展现得淋漓尽致。

那天新郎特别把我介绍给他。他跟我很认真地握手。我跟无数人握过手。我往往就握得很不认真,轻轻一碰,就算礼到。人家也多半是触到为止。但那天张中行先生跟我握手,让我现在想起来还仿佛刚刚发生,他也不是那种夸张地用力捏的方式,他是把自己的手温很准确地传递给你,并且似乎也很在乎接受你的手温,握手时双眼蕴含着真诚的笑意,直望住你的眼睛。那天他的眼睛让我觉得格外有神采。

张中行先生眼睛细小。他的单眼皮,我很早就听说过。"四人帮"垮台后,原北京人民艺术剧院的党委书记赵起扬同志,跟我们一些新冒出的业余作者过从甚密,我有次跟他闲聊,说起当年北京电影制片厂向北京人民艺术剧院借于是之去演余永泽一角,老赵就摇头。我开头很奇怪。我说于是之演得很好呀!老赵就说,那哪是演电影,舞台痕迹太重！我抬杠，说《青春之歌》是直接拍电影，怎么会有舞台痕迹？而根据舞台剧拍的电影《龙须沟》，于是之不是显示出摆脱舞台痕迹，进入电影语言的超常功力吗？电影里的程疯子比舞台上的更显得血肉丰满啊！老赵就跟我说，当年他们真不该非找于是之去演啊，他们首先看上的还不是他的艺术功力，而是他那个细高身条单眼皮儿！我这才知道，余永泽的生活原型，其外形跟于是之相似。老赵的看法是对的，就是你从生活原型出发去塑造一个艺术形象，特别是这样的题材这样的一个角色，何必非得去追求形似呢？在那样一个时代那样的社会氛围下，你这样拍出来电影满世界放，该给那仍需在那样环境里生存的原型，包括他的家人，多大的精神压力啊！老赵说他当时没有办法不同意于是之去演，但电影拍成看的时候，余永泽一露面他就感到别扭。

终于在那一天，见到张中行先生了，于是之般的细高身条，细长的眼睛，但是，我们握手，四目相对，他分明是双眼皮啊！

我的疑惑很快被解除，新郎再一次过来招呼我时，告诉我："知道吗？老爷子新拉的双眼皮儿！"

那一年张中行先生已经年过八十。他去拉了双眼皮儿。这是一个爱美的人，热爱生活并且善于享受生活的人，那享受绝不是体现在追求奢侈显摆阔气上，而是不放过那些能使自己快乐，更能令别人快乐的，也许是琐屑的，但是特别有趣味的小事情、小细节上。

我们相识以后，他陆续给我寄来签名盖章的书：《负暄琐话》《禅外说禅》《顺生论》……慢读细品，真是打心眼里膺服、赞叹。

有一回一家报社，请我和张中行先生去北海公园仿膳小聚。只有一桌，客人就我们两个。我真有些受宠若惊。那是盛夏，张中行先生短袖绸衫，满面红光。我那时在报纸副刊开了个《红楼边角》专栏，发表些赏红随笔，其中有一篇专谈大观园的帐幔帘子，因为刚刊登出来,话题就由那展开。张中行先生侃侃而谈,举凡《红楼梦》里的器物饮食,服饰发型,随手拈来,全能解释,并且还生发出一些趣言妙论,可惜当时没能记住,事后也未回忆笔录,咳唾珠玉,竟随风而散,现在想起,真后悔不迭。记得我们还讨论了《红楼梦》里为什么写女性基本上不涉及脚的问题。美国的唐德刚教授探讨过这一问题,提出了值得重视的观点,但是他断言《红楼梦》全书完全没有写到女人缠足,是不准确的,书里写尤三姐的时候,直接写到过她为与贾珍贾琏抗争,反过来戏弄他们,一双金莲或跷或并,我议论到这里,张中行先生就鼓励我说,读红应该这样细嚼慢咽,品红更需善察能悟。我那时刚看到某刊物有关于争议甚大的曹雪芹画像的新材料,张中行先生非常重视,要我细细地转述给他。

张中行先生研红的心得甚多甚深甚独特,可惜他在这方面没有留下专书,如果他能再健康地生活十年,把红学方面的成果写成专著,那该多好啊!

我的祖籍,是四川安岳县。安岳县境内有不少精美绝伦的石雕,改革开放以后,县里开发旅游资源,一方面抢救保护这些石雕,一方面改进旅游设施,建造起新式宾馆,这当然是好事。但忽然有一天家乡的几位干部来到北京我家,说他们为了让新建的宾馆锦上添花,想请书法大师启功先生题写"安岳宾馆"四个字,他们认为我既定居北京多年,又已进入了文化界,一定可以帮他们求到启功先生的字。这可让我为难到背上发麻脸上流汗,我与启功先生并无一面之缘,何况老早听说启功先生一字难求,这任务我可完不成啊!我解释、推托,他们不理解,生了气,以为我是忘了本,轻视家乡人。

家乡人知道启功先生的墨宝是难以估价的,而且即使人家题了字,也不会收钱,他们就说反正我们为了家乡宾馆门面光辉,这么求定了,人家也未必接待我们面谢,我们就把这一箱五粮液放你这儿了,字写来了,替我们奉上,表达点感激之情吧!他们搁下那一箱酒走了,我急得如热锅上的蚂蚁。

情急之中,我猛然想起,或者可冒昧地求求张中行先生,听说他与启功先生交情甚笃,或者能有一线希望?

没想到,竟一试就灵。张中行先生说:这字可题。我让启功写,他不能不写!没几天,张中行让他的一位忘年交给我送来了启功先生的题字,我问那箱酒如何送往启功先生家?小伙子转达张中行先生的话:"启功不会喝酒!好酒该给会喝的人,全给我搬来!"

要说追星,我追过两颗星,一颗是王小波,一颗就是张中行先生。追,就是因为读了其文字,喜欢得不行,从而想方设法要去认识,想跟人家多聊聊。借一个婚礼认识张中行先生以后,我一直想能有更多的机会接近他。可惜由于张中行先生身体日渐衰弱,不得不闭门谢客,近些年我再没能一睹风采,聆听其幽默妙语。

张中行先生驾鹤西去了,但书架上还有他题赠的书。我要再细细品读。张中行先生一生存疑,边缘生存,提倡顺生,没细读他文字的人,有的就误以为他消极,其实完全不是这样。存疑就是坚守良知,正是因为对"文革"存疑,当"革命造反派"的"外调人员"找到张中行先生,让他揭发杨沫的时候,他才能那样安详地告诉对方,那时候杨沫是真诚地去参加革命的。边缘生存,并不一定就是对抗中心,社会应该是一种多元的和谐共存,中心的人做中心该做的事,边缘的人所做的边缘的事,也是社会所需要,或者至少是应该包容的。顺生,不是苟活,成为"闷人",而是应该像张中行先生那样,充满情趣地生活。张中行先生留给我们的不仅有著作,还有他的人格遗产。

马季拿我抖包袱

　　大约二十年前,我遇到人生中的一次大挫折。因为不清楚深层因素,格外惶惑灰心。那时候我是全国青年联合会的委员,还被选为了常委。青联逢年过节总要搞联欢活动,那次照例给我发来请柬。几位热心的常委,还有青联的工作人员,纷纷给我来电话,他们估计我不想参加联欢,就好言相劝,动员我好歹去聚一聚、乐一乐、散散心。盛情难却,我勉强赴会。

　　那天我迟一步进入联欢会现场。人们围坐茶话。花团锦簇,笑语喧哗。闷闷不乐的,大概只有我一个人。

　　演出区里,一个个精彩节目接连不断。我也无心欣赏。不知不觉中,马季、赵炎上场,说开了相声。那应该是个已经表演过多次的段子,我恍惚曾从电台广播里听到过。马季长我八岁,我还是少年时,他已经初露头角。他那甜中带酸的柑橘嗓音,还有那总是使劲眨巴眼的经典表情,迷倒、笑倒过无数我的前辈、同辈和晚辈。但我只是他的相声艺术的一个普通欣赏者,我们没有过任何私人交往。

　　那天马季和赵炎说的那个段子,你逗我捧的,哏花朵朵,虽然许多人原来听过,但好段子总愿一听再听。有时候,表演者的某个应有的瞬间还没到位,激赏者甚至会急不可耐地抢着道出。说到当中一箍节,赵炎问出一句,马季随即抖出一个包袱,那本是许多人所熟悉,也热切期待的一个大哏,马季张口前,有个别听众甚至都替他冒出半句来了,但万没想到,那天马季大声抖出的包袱却是:"那不就是刘心武嘛!"

马季改词了!不知道他事先通知了赵炎没有。整个段子具有一定的讽刺性,但在那一箍节那一问一答里,答话所抖的包袱,放在前后语境里,却是一种正面的宣示。也就是说,在当时那种情况下,马季那样抖包袱,等于说:"刘心武是个好人呀!"

我当然被那突如其来的声波惊得一震。满场的人都听得清清楚楚,都知道我在现场,都意识到马季是临场抓哏,而他在那个箍节里把我拿来当包袱抖出,却又显得非常自然,仿佛稿本里就是那么写的,赵炎接包袱,也仿佛从来都是那么演出,水到渠成,天衣无缝。人们稍愣了两秒,就爆发出一阵开心的欢笑和热烈的掌声。当时我没有笑,也没顾得鼓掌。只是感觉到有股热力,从耳入心,又由心泵到全身每一部位。

现在我很后悔。那天直到散去,我都没有到马季跟前,跟他照个面、握个手、道声谢。

那是我最后一次在现场见到马季。后来我只是在电视上经常看到他。

我不知道马季本人后来是否还记得,那一年那一月那一天那一晚那一刻,他曾即兴抓哏,用他的表演艺术,去支撑过一个当时相当脆弱的生灵。

挫折是人生最好的教师。它可以使你顿悟。在我人生的大挫折中,有人从背后狠踹我几脚,令我惊异的是,他倒并不真认为我是坏人,只是想以那样的方式证明他是超级好人,以获取多多的奖赏。后来他并未谋求到所希求的,又竭力辩白并未踹人。这当然是极个别的存在。但锦上添花者多,雪中送炭者少,却是世相之常态。我也曾在挫折中灰心到极点,当然,我逐渐变得坚强。这里面有我自己凭借自尊、自信、自省、自我调整的艰辛努力,更有许多人士给予我的善意、宽容与激励,比如当年那些一再邀我参与联欢的人士,我都一一铭记在心;更难忘怀的是马季,在他来说,也许那只不过是他多姿多彩的人生中的惯性行为,在我来说,却是生命途程中的宝贵甘露。

总觉得,马季和自己都还不算老,我虽不善社交,近十多年更从不参与联欢活动,但毕竟与马季同在一城,邂逅的机会迟早会有,那时对他忆及这段往事,道出久存的谢意,也许如同献出窖藏佳酿,更能令我们在回味中微醺。却不料忽然传来马季骤然仙去的消息。

马季在天上笑,使劲眨巴眼。他俯看人世,会看到芥豆般的我吗?我写出这篇短文,愿看到的人士,更加深一层对马季人性美的认知。

第一辑　阳台上的蝴蝶

寄往仙界

去年暮春我在一家小书店的架子上发现了一本王小波的《黄金时代》。这本书我耳闻已久，却一直未看。于是我便从书架上抽出它来立读。我在书店立读的功夫是很深的，可称是我的"童子功"。王小波的小说语言仿佛磁石般吸住了我，一种阅读快感与惊诧跃动在我的心中。但我没买下那本书。把书放回书架前我产生了一个想法，便是，何不想办法认识这个文字如此有魅惑力的作家，问他要个签名本，并找个两便的时间，闲聊一下呢？

打听到王小波的呼机号码不难。但告诉我号码的朋友说，他觉得王小波是个"独行侠"，性格似乎比较内向，偶尔出现在某些文学圈的活动中，也总是默听他人说话为多；因此，对我这样一个比他大一茬（甚或两茬），且美学取向不怎么搭界的陌生人，他愿不愿答理，很难预测。我想他当然无义务理我。可是我真的很想从与他的接触中获得营养，便不揣冒昧地呼了他。很快便回电了，声音颇粗，懒懒地问："谁呼我呢？"我报了家门，那边只"啊"了一声，淡淡的；我便把在书店立读《黄金时代》的感受告诉了他，问他手头还有没有这本书，说想得到一本细细品味，他说："书没有了……"我便说书没有没关系，我再去找，问他有没有兴趣见见、聊聊？他似乎也没马上答应，但给我留下了两个直通电话的号码,一个是他和妻子李银河自己住处的,一个是他妈妈住处的。

后来我们约定见面。他先来我家。他一出现在我眼前,便让我吃了一惊。我觉得是《水浒》中的某一汉子凸现在了眼前。他不仅个子很高,而且粗黑苗壮。把他比成一百单八将中的哪一将恰宜呢?至今亦难判定。他手里提了个简陋的透明塑料袋,里面是一本书。我眼尖,认出那是本《黄金时代》。可是他落座后,并没主动把那书给我。我便主动问:"是给我带的吗?"他这才拿给我。我一翻,没签名,便说:"你要给我签上大名!"他才把书放在膝盖上,潦草地签了名。他似乎来得勉强,兴致不高。但是促膝瞎聊,一来二去的,茶过三巡,居然言谈渐欢。后来我们到楼下一家小饭馆喝啤酒、吃家常菜。他胃口不错,话多起来。给我讲了很多他经历过的事。他的话语中透着睿智幽默,但表情憨憨的,坐如铜钟,很节约手势。那天为了聊个痛快,我们占用了小饭馆唯一的单间。我是那家小饭馆的常客,常用那小单间宴客,从来都未额外收过"单间费",但那天我付款时,柜上偏要加收我三十元"单间费";我还略抗争了一下,但环顾饭馆,不仅其余客人早散,每晚利用店堂拼桌睡觉的大厨已然坐在了"床"上,这才看表,已过二十二点,忙多掏三十元钱付上。现在已回忆不起我们究竟聊过什么,只是那时心中储下的"有趣感"一直消费到现在,仍未耗尽。

我细读了《黄金时代》。不是一般的好。太好了!写下这些文字时,作者心灵中只有纯粹的文学思维,只对文学负责。然而那些由最朴素的词句铺排的文字中不仅渗透着诗意,也熔铸着极密极浓极细极深的时代、社会、人生信息,并有对人性的探幽发隐,而这一切的组合却又并不导致灰暗的"沉甸甸",竟是十二万分地"有趣"。这书的书脊上有"文坛外高手王小波力著"字样,大概是出版社的营销策略,但我总觉得像王小波这样的文学才子,只要他的书面了市,便是登上了文坛,何能"见外"?

再后来我又约了些"小朋友"欢聚,王小波一呼即来,席间他高谈阔论,不再是内向人的模样。他的见解常常与人不同,不仅与席间诸人不同,甚至与大家从报刊书籍与耳闻中所获悉的所有见解都不同,并且不同得极为"有趣"。

第三次约王小波,他爽快地应了,临到聚前却来电话,向我道歉,说是老同学来访,中午喝多了,晚上不能再喝。我也没在意。心想见面的机会还多的是。

前些时新的《小说界》《花城》陆续到了我案头。一个刊出了王小波的《红拂夜奔》,一个刊出了他的《白银时代》。这两个作品也是你绝对不好随意贴"标签"与"归类"的,非常的独特。跟《黄金时代》有血缘关系,却变异得很厉害。在《红拂夜奔》里,王小波将小说叙述一定要"有趣"的美学追求直接地公布了出来。有趣,很有趣,但是需要讨论。我已打算好,过些时便约王小波来"理论"。

万没想到前天接到一个可怕的电话,说王小波没了。怎么会突然没了?据说是他一人独居一室(李银河在英国),夜晚楼下有人听见他在楼上大叫了一声,便没了动静。天明后才有人发现他僵倒在了地板上。法医鉴定为心脏病突发。谁能想到《水浒》中的壮汉也会心肌梗死呢?

这电话让我久久不能入睡,顿觉人生无常。太可惜了!王小波的文学天才尚未充分地展示于世人。在我们短暂的接触中,总体而言,我是处于"入超"状态。但我对他也许亦有过触动。他在一篇随笔中写到,"文革"中他父亲仅被"游斗"过一次,是"陪斗",恰巧那时他从外面回来,一眼看到,并与父亲"对了眼",当时他不禁笑了一笑。为什么笑一笑?说不清道不明。那时他还是个少年。尚未成熟的心灵在那怪异的景象面前,鬼使神差地做出了这样的反应。可是父亲始终为这笑一笑心存芥蒂,是他后来意识到的,父亲并未直接说出,直到去世。我对王小波说,这素材只用在一篇短短的随笔里,太可惜了;实在应该展开来写一篇非常(用我的习惯用语,是"震撼心灵",用王小波的美学用语应是"极其有趣")的小说。他听了,很认真地表示可以考虑。我不知他后来是否真的动手写了。从他电脑里能否调出这篇作品?

在王小波的人生中,我是一个于他极不重要的过客。然而现在我觉得他没了于我是一个重大的损失。在眼下的世道中,难得有几个毫无功利关系牵动的谈伴,何况并非同代人。

可是我想我还有机会跟王小波对谈。他留下的作品还可一再品味。我有什么想跟他讨论的,可以通过神秘而坚实的心灵渠道,寄达他飞升到的仙界。是的,王小波怎么会没了呢?他只不过到仙界去了罢了。那里一定会让他感到非常非常有趣。

免费午餐

"世上没有免费的午餐",这是流传到我们这边的一句西谚。如今在外企当白领的,往往中午会有似乎免费的盒饭,其实那份开支,则打在了雇佣成本里的,道是免费实不然。午餐无免费,晚餐亦然。总之,这句话道出了一个冷森森的商品社会的"游戏规则"。这句话实在是"一句顶一万句",因为诸如"买一送一""跳楼价、吐血价大甩卖""先入住后付款""两年后退回全部货款""开业大酬宾、大派送""只收成本费,邮购从速,以免向隅"……透过那动人的字面与魅惑的行为模式,其内在的实质,都是并无"免费午餐"可言——即使那种广告方式与手段尚属正当的商业竞争。

不过,在人际交往中,有时却也真会被邀进免费的饭局。父亲在世时,曾向我讲述过他年轻时所获得过的一次免费午餐。那是二十世纪二十年代初,父亲才十七八岁,因为祖父远行,而后祖母对他极为吝啬,所以他离开了家庭,一个人在社会上闯荡。那时他的维生手段之一,是代人投考名牌大学,他也实在是有应考的才能与气数,竟每回都能高中。但是他从那些私雇他冒考的少爷手里,每回也得不到几个钱,用不上多久便又一筹莫展。父亲本人何尝不想进入名牌大学,但纵使他让自己考取了头一名,也没钱缴纳学费;就算学校爱才如渴，准许他减免学费，他也无法应付食宿等方面的开支；而勤工俭学，路子也不是那么好找。唯一的办法，便是设法贷到一笔款，毕业后尽早归还。谁能贷给他款呢？想来想去，有这种实力并可能情愿的，应在祖父所交往的伯叔辈中。父亲在那一年的夏天为自己去应考，以优异成绩被协和医学院放榜录取，这令他万分兴奋，当一名救死扶伤的医生既是祖父对他的期望也是他自己的夙愿，于是筹措入学读书的费用便成了当务之急。他经过一番盘算，决定向一位祖父的老友求助，该人当时在社会上已享有很大的名气，经济状况极佳，并且从小看着他长大。

父亲找到了那位名人。是住在一所很堂皇的四合院里。该人见了父亲，不待父亲发话，便感慨万端地说我祖父这人性格真特别，竟可抛下家小一个人远走高飞！又说我后祖母实在不像话，祖父寄回的钱居然一个子儿也不给我父亲，书香门第的后裔沦落成了流浪青年！父亲听了非常感动，原来这位伯伯很了解情况，并关爱自己，于是便倾诉起自己的具体窘境和企盼来。名人没听完便有电话打来，一连接听打出了几个电话后，名人便蔼然可亲地对父亲说，中午有个饭局，无妨一同去，席间可以继续聊。

父亲跟着那位名人，乘坐当时仍颇时髦的弹簧马车到了前门外的"撷英番菜馆"，这是当时显贵名流们才有财力与雅兴去消费的一家最著名的西餐馆。

很多年以后，父亲仍能描述出那一顿午餐的种种情景，从餐馆的外观到内部，从厅堂到餐桌以及闪闪发光的杯盘刀叉，从与宴男女的衣着到各个人的做派，从头道汤到色拉、主菜到最后的甜点……祖父在北京时不曾带父亲吃过这么高档的西餐，想到这一点父亲便更加感激那位伯伯的厚待。而这一切都还并不是主要的，更令父亲念念不忘的，是那天在席间出现的，几乎都是后来进入历史的人物，有的是社会活动家,有的是艺术家,有的是学者、教授。刚进入餐厅时父亲惶恐不安,非常自卑,但那位名人牵着他的手引他入席,并向大家介绍说他是祖父的公子,显然祖父在这些人心目中也是有相当分量的,父亲发现席间的名流们对他都很友善,于是也就慢慢放松下来……

那是父亲青年时代所享用到的一次高档、丰美、雅致的免费午餐,令我听来也不禁神往。父亲没有详细地向我讲述这顿免费午餐的结局,但有一点那是交代得很清楚的:他没能从那位名流伯伯那里得到另外的帮助。

我问父亲:"您饭都吃了,为什么不能要求他借给您钱呢?"

父亲说:"他们一直聊得很欢,我简直没有办法插进话去。"

我再问:"吃完饭,您可以单独向他提呀!"

父亲说:"饭局一散,我发现他们都忙极了,各人都有自己的'下一站',我实际上也没有办法找到一个单独的机会——人们都纷纷礼貌地,甚至可以说是带有爱怜之情地跟我握手告别……"

我还问:"那么,您可以再到他家里找他呀!"

父亲说:"也曾有过那样的念头,不过,没有去……"

我说:"是因为觉得他太虚伪了吧?"

父亲正色道:"不!怎么能怪人家虚伪呢?那顿午餐人家让我一起去,是出于真心真意的!"

我说:"可是,他到头来没有借您钱呀!"

父亲说:"这就是我讲这件事给你听,要你悟出来的:别人不该你不欠你!在你一生中,你应该尽量去帮助别人,可是却一定不要有依赖别人的想法!别人可能会向你提供一顿免费午餐,但你自己一生的餐饭事业,还是需要你自己去挣出来!"

我正琢磨这话,父亲又说:"其实,后来我成家立业以后,也曾无意中这样对待过别人——我可以请他一餐饭,听他诉苦,给他些安慰,可是,要我付出相当的代价帮助他,往往还是下不了决心。也许,除了是你那时不帮他他马上活不下去,人际之间,还是这样为好——可以给一顿免费午餐,却还是希望每个人自己想办法,去安身立命!"

父亲作古快二十年了。我的年龄已超过父亲讲述那次午餐时的年龄。我的人生旅途中,已积累了不少"免费午餐"的经验。有时是别人邀赐我,确实并无直接的功利动机,不是为了约稿、题词什么的,真的只是为了聚聚;但席间往往会有我原来并不认识、并且以后也不会联络的人。我悟出,这种"免费午餐"的意义,在令邀请者快意;这种人生际会不可全拒,亦不可全应。在这种场合,我常常深刻地意识到,"我"是一个独特的生命,将就他人实在是桩辛苦的事。有时却又是我邀人赴餐馆或在家中留饭,这里说的我为别人提供"免费的午餐",当然排除了至爱亲朋间的来往,而专指半生不熟的或求上门来的生人,我会在招待他们的一餐中,获得某种心理满足,而正如我父亲所总结的,我往往并不能更多地帮助他们。在这种场合里,我常常又铭心刻骨地意识到,"我""你""他"到头来都是社会性动物,每一个人要真正解决他所面临的生存问题,除了他自己的努力,真正靠得牢把得稳的,还不是个别他人的帮助,而是一个好的社会机制,一些好的(尤其是把公平原则放在第一位的)"游戏规则",一套好的社会保障体系,一种好的道德文化氛围,等等。

商业上的"免费午餐"式促销手段,或许有一时的轰动效应,却到头来不如"一分钱一分货"的以质取胜的老实态度,更能扎扎实实地获取"阳光下的利润"。人际间的和谐,一对一地进行具体帮助,"陌路相逢,肥马轻裘畀之而无憾",固然是美德,我父母,我与我爱人,也不都仅是给人一次"免费午餐",也都曾有过以不小份额的钱财助人的作为,但到头来是不可能一对一地赞助所有遇到的人的,我想绝大多数人亦然。因此,我们大家共同努力,比如说把个人根据税则向组织社会生活的政府按时按数纳税,看得比一对一地赞助救援更加重要,并把监督政府廉洁地将税款用于建立健全社会性保障、救助机制,看得比个人捐善款留芳名更重要,那么,我们自己、他人乃至整个民族,是不是便能生存得更合理、更惬意呢?

童年:火的记忆

我一九四二年落生在成都育婴堂街。生下不久,为躲日寇轰炸,随母亲避于老家安岳。一九四五年抗战胜利,在重庆海关做事的父亲把母亲和子女们接到了重庆。那一年我三岁。

一九四九年时,我已七岁。我家住在重庆南岸狮子山附近,居所是海关的一幢宿舍楼。这所两层的小楼临坡而建,楼上楼下本有楼梯相通,因为分给了两家人住,把楼梯口封死了,我家住在上面,另一家住下面。我家的楼层地板,与坡上的地面大体平齐,因此开了一个门,通向坡面,但门与坡面之间并不直通,也就是那小楼的后墙本来与山坡间有好几米的距离,墙体与山坡间构成一种深沟的形势,深沟底部有水渠流过,因此在我家那开于后墙的门和坡面之间,便设置了一座木桥。木桥所通的坡面,有小小的院落,并有两间简陋的茅屋,一间是烧饭的厨房,另一间是放马桶的厕所;小院一侧有篱笆和木门,我家的大门,便是那木门,家人与亲友进出,都通过那双开的木门,因之我家和楼下那家人,并没有任何共用的门道,也就几乎从不来往。

那幢小楼,结构很简单,谈不上什么造型,就是长方形的模样。但我们的二层上面,有一个颇大的内嵌式阳台,那阳台对我们家来说,用处极大。那时我上面有三个哥哥、一个姐姐,还有一个从小跟我父母一起过，年龄跟我大哥差不多的小叔，系我祖父刘云门续娶妻子所生。一家人聚齐时，房子根本不够用，重庆夏天又特别热，兄弟们挤在一间屋里特别难受，因此，哥哥们，还有小叔，在炎夏时往往便到那阳台上铺凉席睡，我有时也硬往他们一处凑热闹，所以在我童年的记忆里，这阳台是个很重要的舞台。

伏在阳台的栏板上，可以非常清晰地望见长江与嘉陵江交汇在一起：山城重庆的剪影，一半为树丛遮蔽，豁显的那部分，从阳台上望去，大体上有如一个底边大于垂直边的直角三角形，或在晨雾中神秘地时隐时现，或在晴阳下如精勾细描的彩画，入夜则闪烁着万家灯火，雨中它会消失得无踪无影……几十年过去，从阳台望重庆市区的这些印象，仍鲜明地叠印于我的记忆之中。

一九四九年入夏以后，重庆的国民党政权已然摇摇欲坠。达官贵人，能搞到飞机票的，全飞台湾去了。留下的防守部队，开小差的开小差，溃散的溃散。到接近秋天的时候，重庆实际上已处于半真空状态。解放军的到来，只是早晚的事罢了。那时社会秩序混乱，盗贼横行，怪事迭出。我家住在南岸，幸好家门口过往的烂兵游贼不多，得以保全。但母亲彼时的焦虑，使小小年纪的我，也感受到一种非同寻常的气氛。记得有一天有个人闯进了我家院门，黑袍黑帽，穿得像戏台上的人物一样，母亲站在我家的那座木桥上应付他，我缩身在母亲腰后，探头观望，他们一问一答之间，令我十分恐怖。那人自称道士，劝说我母亲把我交他带走，据说天下已然大乱，留下我对一家人十分不利，舍了我方可保全。母亲当然不听他的鬼话，最后总算把他打发走了。

一九四九年九月二日，现在我从万年历上查出，是个星期五。那天只有母亲、我家的保姆彭娘和我三人在家。父亲每天都要乘"海关划子"（汽艇）渡江到城里上班，总要天黑净了才能回到家里。那时小叔已经搬出另住,大哥已在广州参加了解放军,二哥去乐山技专上学,小哥哥和姐姐则在城里巴蜀中学住校。大约是午后,吃完了饭,我一个人又跑到阳台上,搬把椅子,爬上去跪定,双臂则趴在阳台护栏上,像往常一样,眺望江水和江对面的山城。

江声浩荡,还有纤夫们悲怆的号子声。那是我童年时代耳边不绝如缕的生命交响。后来到了北京,忽然耳朵有种失重的感觉,夜里更觉得寂静得没有道理,心里空荡荡的。好久以后才懂得北京的安静方属正常,重庆那不间断的江流声反是一种特例。

不知在阳台上趴伏了几时,我发现江对岸密集的房子中,冒出了黑烟,烟柱越来越大,并且扩散开去,渐渐形成了一片乌云;再过一阵,则可以看见红色的火舌,似乎在贪婪地往上舔,舔什么呢?难道天上有蜜糖吗?我觉得很有趣,便扭头朝屋里大喊:"妈!彭娘!火!火!"然而妈妈和彭娘那时不知在忙些什么,她们根本没理会。

我的视力非常好,至今仍能双眼都保持着一点五的水平。那时我竟能看清对岸露出来的一些房屋,乃至于房屋外的廊坝。那时山城下部布满了"吊脚屋"。歪歪斜斜的吊脚屋像一些滑稽人在你挤我我挤你。我记得,有的"吊脚屋"那插到江岸边的撑木非常的长,有的"吊脚屋"的窗口里露出些赤膊的人影,有的从窗口伸出长长的晾衣竿,上面晾的破衣烂衫仿佛军舰上挂起的"万国旗"。

嵌在我记忆里很深的画面是,山城腰部的火舌连成了一片,不能说是红舌头,而是滚动的红龙了,火焰上的烟尘也仿佛打翻的墨汁瓶,在蓝天这块大纸上恣意地浸润开去。可是,虽然在对岸的我看得清清楚楚,是有大火在燃,然而,我分明地又看到,那底下的"吊脚屋"里的人,却全然不知,还在继续他们原有的活动;一个房子前面的小坝子上,有个人悠闲地躺在凉椅上,摇着把大蒲扇……

妈妈和彭娘终于在我的大喊声中来到了阳台,她们朝对岸一望,便知不妙,连说:"造孽啊,造孽!……"然而,她们摇着头离开时,也还没有惊慌,因为重庆常有火灾,她们那时只不过以为又来了一场较大的火灾而已。

可是那天的大火越烧越邪。几个小时后,从我家阳台所能望见的那个直角三角形的半个山城,已然几乎全被火与烟所笼罩,可以清清楚楚地看到,上层燃烧的房屋如何带着火焰塌下来,使下层的房屋立刻也陷入火海……那个躺在凉椅上的人不知去向,那片坝子已堆满滚下的燃烧物……最惨的是沿江的"吊脚屋",它们几乎在一瞬间便带着火苗跌入了江中。有一些帆船大概是想靠岸救人,可是很快便有一艘、两艘被飞下的燃烧物引燃,于是其余的又赶紧驶离。江边出现了越来越多的蚂蚁一样的逃难人群……我看见当燃烧物飞滚溅落到江边甚至江水中时,一些"蚂蚁"只好拼命往江水里涌,最后一些人在江水里只露出了蚕种般的黑头发……后来听说,有些人不愿被烤死,终于被淹死,那真是不折不扣的水深火热!

一个七岁的儿童,亲眼目睹了这惨绝人寰的景象,却并不能明白究竟是怎么一回事。现在的复述,使用了现在所掌握的文字和技术,努力想回复当时的印象与感受,可是,很难。只能向读者保证:确有这样的一些信息,储存在了记忆之中。

妈妈和彭娘是怎样惶急起来的,我不太清楚,总之,当我发现妈妈眼里有了泪水,并且一贯总是沉着的彭娘也手打颤起来时,我才明白,对岸的大火不仅烧死了无数的"蚂蚁",而且,也危及到爸爸,还有小哥哥和姐姐的安全。我心里刚明白,便哇地大哭起来,这是一个七岁儿童唯一可取的摆脱危机感的办法。

那时家里没有电话,无从和爸爸他们联系,只好听天由命。当晚爸爸没有回家,哥哥姐姐也没消息。妈妈和彭娘彻夜未睡。对岸的大火在夜空中显得更加狰狞恐怖。火焰的热气顺风逼过来,火星也越江飘散。楼下的人家开始朝楼墙上泼水,以防万一;妈妈和彭娘心有余而力不足,望火兴叹。我哭累了,终于酣睡于妈妈怀抱中,她搂抱我良久才把我放到床上去。

第二天爸爸终于露了面,后来哥哥姐姐也回了家。那次山城的"九二"大火灾使无数老百姓家破人亡。姐姐同班同学杨素珍的父母便惨死在火海之中。"九二"大火灾究竟是一场由于普通人用火不慎,而当时的消防系统已然瘫痪,从而酿成的特大火灾,还是国民党政权的残余分子蓄意放火以制造恐慌,并以此来销毁可能落到解放军手里的物资?……据说有人考证出来,是两种因素交织而造成的。

一九四九年十月一日,解放军还没开进山城,在北京,中华人民共和国已经宣布成立,我们一家人在那阳台上,围聚在一个电子管收音机边,听到了从北京传来的现场广播。朝江对岸望去,满目疮痍的山城,仍有一些地方在冒出劫灰的余烟。

大概是在年底,解放军来到了山城,人们打腰鼓,扭秧歌,南岸的小学里,人们和解放军联欢,一边唱《团结就是力量》,一边旋转着舞动,唱到最后,圆环紧缩,意味着团结无间,并且在当中举起一个小孩,小孩则挥舞着一面小小的五星红旗。我便充当过那被高高举起的角色,那一刻真是无比高兴、无比自豪!

我爸爸刘天演本是旧重庆海关的总务主任,可是因为他在解放前夕将重庆海关的全部财产妥善而完整地保存与维护了下来,"九二"大火灾中也没有受损,以迎接解放军的到来,因此,解放后他不仅立即被吸收为重庆海关接收小组的成员,并且以思想进步、为人正派、业务娴熟为由,在北京成立中华人民共和国海关总署时,立刻被调任为新海关总署的统计处副处长。这样,在一九五〇年春天,爸爸便带妈妈、小哥哥、姐姐和我,先乘轮船过三峡、夔门至武汉,再乘火车到达北京。从此我便在北京定居,一晃竟已有四十七个年头了。

第一辑　阳台上的蝴蝶

冰箱贴下

　　我是一个恋家的人。在那个被称作"家"的空间里，什么东西最让我顾念？是冰箱——别着急，别马上责备我贪吃，听我把话讲全：是冰箱贴子，就是那种底盘是个吸铁石，表面则是某种造型，把它往冰箱外壳上一放，便会被吸住的玩意儿。我家的第一个冰箱贴是十几年前从美国带回来的，造型是旧金山的有轨电车。后来我每次旅游回来总喜欢带几个冰箱贴，造型多姿多彩，有巴黎铁塔、布鲁塞尔小尿童、新加坡狮身鱼尾兽、日本富士山……渐渐地，也不一定搜集风景名胜造型的，像一只打翻的酒杯、咬掉一角的汉堡包什么的，也往家里带——附带说一下，现在国产冰箱又多又好，但是很少看到国产的以中国特色为造型的冰箱贴，比如我一直想买到北京天坛或北海白塔造型的冰箱贴，竟总没见到过。你会问：恋家，就恋那些个冰箱贴子，岂不是太"小儿科"了？你听我细说端详：冰箱贴的第一功能并不是装饰冰箱、供人赏玩，它的第一功能是压纸条子，家里有些一时不能或不必马上扔掉的纸条子，比如某些通知、刚缴纳过的电话费收据、过几天要去欣赏的音乐会入场券，等等，都可以往冰箱贴子下随便一压，但这些功能在我家还都不是最主要的，它的最主要功能，是家里人相互留言。

我家的温馨,往往并不体现在全家人欢坐一处。我的作息时间很古怪,每晚十点到凌晨四点写作,凌晨四点到中午十二点睡大觉,中午起床后才吃东西、翻报刊杂志、读书、听音乐、会客或外出;妻子是正常作息,上午外出购物、遛弯儿,往往中午在外面吃点快餐,下午一两点才回来,回来时我正活跃,她却要午休一阵了。我中午起床洗漱后,一定会去冰箱前,于是我便会看到那个比别的冰箱贴都大的旧金山电车下压着妻子留的纸条,上面可能写着:"汉堡包已经搁到微波炉里了。注意:冰箱里的西红柿也必须洗过再吃!""厨房蒸锅里有冬菜包子,只需加热三分钟,万勿一翻报纸又忘了关火,弄得一整天屋里全是煳锅的气味!""别找那盘色拉了,已经变味儿,扔掉了!热完炒饭吃过后,请吃一个苹果——别又偷懒不削皮,把削掉的果皮留在案板上!"……当然,有时我要出去她却还没回来,我也会给她往冰箱贴下面压纸条,我的留言可举几例:"音响里已放妥 CD 盘,是我昨天为你买的新版《月光》,你只需按一下 PLAY 键即可。""《文汇报》'笔会'版上李子云文章甚好,已放你枕边。""千万不要因为买回的东西忽然又不中意,匆匆转回去退换!身体要紧!"

　　儿子在外企工作,自己已贷款买了房,但目前尚未娶妻,常回我们这里住,他在冰箱贴下会压上诸如此类的纸条:"晚上回来睡,会较晚,是去酒吧一条街,别担心,绝不胡闹。""我回那边去了。橱柜里有我给你们留下的东西,希望喜欢。""没什么事,只是想写:保重!"

　　虽然打电话很方便,尤其儿子,他总随身带着手机,但在冰箱贴下"广而告之"、交流感情,仍是我家成员一致的首选。

　　那天我从外面回来,冰箱贴下竟没有妻儿给我的片纸只言,心里顿觉空缺一块,仿佛天空上没有了日月星辰。一低头,才发现那旧金山电车和纸片都落在了地下——后来悟出是我家猫咪所为。冰箱贴下家人间的相互关爱,是世界上任何衡器也难测出其吨位的啊!

第一辑 阳台上的蝴蝶

阳台上的蝴蝶

电视里正放映着一部新加坡连续剧。我们都没有认真地看。我在为打印机安装新墨盒，妻则是来往于厨房与阳台之间，把洗衣机甩干的衣物拿去挂晾……

荧屏上出现了一个大特写，大概是那剧中的女一号，不知情节发展到哪儿，她为什么要珠泪涟涟。

妻路过，看了一眼，道："咦，这不是×××吗？"她说的是一位我国当今算不上"大腕"可也小有名气的女演员的名字。我瞥了一眼，马上驳斥她说："怎么会？根本不可能！"

这是我家经常出现的情况。妻总是会对着荧屏上的某一形象说："是×××吧？"其实根本不是，不可能是，没有道理是。她有时候干脆挑明："这人"（指荧屏上的某形象）让我想起一个人来……也就是，她明知"不是"，可还是要让自己产生出"不是也是"的联想。我呢，常常地，极认真，或者简直是极冷酷地扫她的兴。有时我根本也不看荧屏，只是头头是道地分析，比如说："×××根本不可能去新加坡电视剧里演一角！这又不是一部中新合拍的电视剧！她也没有移民新加坡！再说，人家就是特邀，也邀不到她！……"当然往往是"真理在我这一边"，可惹得妻很生气。有一回她就说："你行！你总对！

49

可你这样又有什么意思!"我平心静气一想,可也是,我掌握这种"真理"究竟有多大的意义与乐趣呢?特别是,妻明知"不是",而联想起我们都认识的某一生活中的真实人物,娓娓道出她的一些感慨时,她那"不是也是"的兴致,不是比我那"不是就不是"的生硬宣布,有价值得多吗?

后来我悟出,妻的这种思维方式,是典型的女性直觉思维。而我,因为是一个正常的男人,所以我的思维方式,也便往往都是典型的男性的理性思维。

直觉思维,惯于从一个形象、事件、细节,叠印、引发、延伸到另一个乃至多个形象、事件、细节;伴随着这种思维的,往往是丰富的情感,或产生出细腻入微的关爱,或派生出难以抑制的厌恶。

理性思维,则惯于从经验中而不是从所面对的具体形态中引导出结论来;伴随着这种思维的,往往是超情感的冷静(乃至冷酷)判断,或产生出具体而微的应变措施,或大而化之一笑了之。

仔细想来,我和妻一起生活中的种种矛盾,在很多情况下,都是由于两性间这种不同的心理定式,也就是思维差异而撞击出来的,甚至弄得大吵大闹(我吵闹得最凶)。闹完冷下来一想,有时连具体起因都想不起来了。

自从意识到我们既为两性,各有其思维习惯,而且改不了也不必改那习惯,不如互相理解、尊重,乃至互补互济,这以后,我们的相处,便和谐多了。比如我们一起出游,她对人对事的直觉,往往被事态的发展,证实为相当的准确。她在坦诚善意地待人接物时,也以她的敏感,使我们多次掌握好了与人交往的"度",有助于主客尽欢。而我的理性逻辑推导,也往往有助于预防不测,避免麻烦。

有一天,我家阳台上忽然飞来了一只硕大的蝴蝶,那花纹艳丽的蝴蝶竟落在围栏上,翕动着双翼,良久未飞……

妻先发现了那只蝴蝶，惊喜地叫我去看："快来啊！看呀！它多美！……"

我到阳台一瞥，脑子里马上飞出一串"？"来：城市里怎么会有这玩意儿？它是怎么飞到这么高的阳台上的？这是什么季节？这也许不是蝴蝶，而是一只大蛾子吧？别看它的羽翅那么艳丽，它的磷粉可是有毒的吧？它停在阳台护栏那儿干什么？我家阳台有什么吸引着它？……

我不由得做出一个要找东西捕捉它的动作。这动作立即被妻发觉了，她迅即瞥视我一眼，啊，这一眼如同利箭般，把我的心射穿了！

一瞬间，我从妻的眼里读出了太多的东西：它多美啊！让它停留吧！不要打搅它！啊，它真太美了！……

在这一瞬间，我心中的"多余理性"被粉碎了。我感受到了女性直觉的美感。我更爱我妻子。蝴蝶离开了阳台，然而永落于我的心中，并总是在必要时，便翕动着那搔心的双翼。

父亲的咳嗽声

一位从大西北来北京上大学的小伙子,有一回来我家度周末,饭后我们坐在沙发上一起听音乐,我放送的是一盘西洋古典大提琴曲集。音箱中传出缕缕婉转柔美的乐音,茶几上小玻璃缸中的水蜡烛荧然闪动,我发现他眼睛里渐渐透出了泪光。在乐声中,我们开始了一场令双方难忘的交谈。

我问他,这音乐为什么让你感动?他说,不懂音乐;尤其不懂这种古典音乐;听大提琴专辑更是头一回;但是,不知为什么,听到这样的旋律,忽然想起了一些以往并不曾有意存放在心里的东西……

我问那是什么东西?

他说,比如说,父亲的咳嗽声……

我心里一动。问:在乐音里,怎么无端地想到了咳嗽声?咳嗽,应属于非乐音的一种噪声啊!

他说,是的,咳嗽不仅是噪音,而且是病态的音响……

然而,他就是忽然想到了咳嗽声,父亲的咳嗽声。他对我说,他父亲是个老矿工,四十五岁前一直在井下作业,四十五岁后成了偶尔下下井的统计员,现在也还不到法定的退休年龄,却被动员提前退休了。他从小就听惯了父亲的咳嗽声,在高考复习期间,父亲并帮不上

第一辑　阳台上的蝴蝶

他的忙,一切生活上的照应,也都出自母亲,父亲往往只是坐在一旁,手里用捆扎包装箱的废带子,编扎着造型拙朴的手提篮,眼睛,时不时地朝温习功课的他望上一眼,偶尔父子目光相遇,双方便都赶紧移开,而这时父亲必然会咳嗽几声……

我说,你父亲一定有职业病吧?那是不是叫"矽肺"?

他说,矿上很注意防治"矽肺",但像他父亲这样的老矿工,即便还不足以戴上"矽肺患者"的帽子,但那肺叶里气管里,总还是比常人多些个除不掉的粉尘……不过,他说,在他复习期间,父亲在他旁边的那些咳嗽声,却不一定都是呼吸道里的粉尘作怪……常常是,忙进忙出的母亲会过来嗔怪父亲:"你怎么回事儿?咯咯咯地在这儿闹人!你不知道人家现在不能分心?去去去!钓鱼去!找你的老哥儿们杀棋去!……"父亲有时只好放下没编完的篮子,快快地蹀出去了……然而往往是,他在解题的过程中,忽又瞥见父亲一旁的身影,父亲注视他的目光便倏地闪开,同时是一串咳嗽的声音……

他说,整个报考大学的全过程里,母亲说过许多暖他心窝也令他焦虑的鼓励与期盼交织的话语,父亲却几乎从未正面接触过这一话题……他确曾在私下腹诽过父亲的木讷与低智……他一度对父亲的咳嗽声心生烦厌……

音箱里的大提琴声韵浑厚而又幽婉……他沉默了好一阵,才接着说,他终于如愿以偿地接到了来自北京的录取通知书,上火车的那天,父母在火车开动前,一直守在车窗前,母亲有道不完的叮嘱……忽然,父亲挤到母亲前面,从胸兜中,掏出一个纸包来,递到他的手中。他听见母亲说:"该给的我都给了!这是你攒了好久的买鱼竿的钱,你就留下谁能怨你?你这人真是!倒好像是当妈的小气了似的!……"说时火车已经开动,他打开纸包,父亲那浓厚的体臭袭入他的鼻腔,他鼻子一酸,抬头要看父亲,却已难见面影,不过,他分明

53

听见了父亲极其畅快的一阵咳嗽声!……

　　听到这里,我仿佛也听到了他父亲那深情的咳嗽声,这沁人魂魄的咳嗽声,竟赛过了乐手超凡的演奏,或者说,那大提琴的优美旋律,与一位最最平凡的老矿工的心灵悸动,融为了一派人世间最可珍贵的天籁……

　　是的,我们往往会忽视人世间那些最不起眼、最不动听,却其实是至为宝贵的亲情显示,而一旦我们在人生的跋涉中念及那些已不在眼前也不在耳畔的至亲至爱的细微而纯朴的存在,心弦为之瑟瑟颤动时,我们才痛楚地意识到,不管我们有多么坚强,有多少庄严而神圣、沉重而严肃的东西作为了生命的支柱,可是我们依然还是需要一些温柔的东西,拙朴的东西,特别是来自亲人、朋友的往往是最琐屑的,甚至是默然的一份关爱!

　　他想到了父亲的咳嗽声……你也许想到了爷爷那任你小手抓扯的胡须……而我忽然想到了当年同宿舍学伴在夏日为我晾晒过的枕头,那天当我在外狂欢兴尽归寝时,枕头发散出了阳光那清新甜美的气息……

野薄荷

佛寺旁院,是旅店最幽静的部分。团体包房,喜欢在寺外阳坡的新楼里;一般散客,也多嫌古老僧舍改造的客房有潮气。我却觉得那古院巨松、瓦房游廊别具魅力,选择了其中一间东厢房,住进去整理书稿。除了周末,那院里住客寥落,有时候就只有我一位。

院里不仅有三株冲天油松,正房前的两棵西府海棠枝叶垂地,令人联想到古代的青庐——初秋当然无花可赏,但点缀着玉黄色小果的茂密绿叶,风姿不让春葩。南墙两侧则是几丛翠竹。南墙外还有个套院,小小石桥跨过小小眼镜湖,湖里睡莲开紫花,有小小的锦鲤在绿波下摆尾游弋。湖边有多种树木,最显眼的是高高的柿树,结出的高庄柿子太多,啪嗒,会眼见着金黄的柿子落地,我认为是树枝不耐重负故意抖落。

摆弄电脑里文稿累了,到院里散步,是最惬意的时光。翘起大尾巴的黑松鼠像表演杂技,瞬间就从油松枝上游梭到竹丛又跃向另一株油松高处,速度赛过刘翔。总有野鸽子咕咕叫,觉得就在身边,但寻觅其身影洵非易事,倒是黑白花和灰蓝色的喜鹊极其大方,时时在身边低飞,还喳喳不停,仿佛在讥笑我是"抠门儿大仙",居然不给他们准备零食,我也曾抛撒些面包屑,它们根本不感兴趣,可我又哪里能给他们找到比院里自然存在的虫子更香的东西呢？

住到第三天，一大觉醒来，忽然窗外人声刺耳——说不上是喧哗，却令人怪讶。且不洗漱，出门观望，大感不解——七八个师傅在蹲着铲地皮。那院子铺敷了十字形带花边的石砌通道，通道切割出的有树木竹丛的地面，原来生长着自然地衣，大体是蛇莓和野薄荷，望去如茵，嗅有淡香，铲掉它们做甚？干活的师傅们外地口音，边干活边聊他们的家常，领工的是本地人，沏瓶热茶坐在石桌边的石绣墩上，耐心地跟我解释，说是旅店新的规划，树下绿地一律要改成统一的冬不枯草皮。

地表绿化也非要公式化吗？那新楼外面的绿地铺冬不枯草皮，与不锈钢的抽象派雕塑倒是般配，这幽僻古院，就任蛇莓野薄荷春绿冬枯有何不可呢？我正喟叹间，师傅们铲下的植物已经堆成一垛，而运进来的以工业化方式批量生产的草皮，也一卷卷地堆成了垛，他们是流水作业，这边铲那边铺，里外院的绿地改造，一天就完工了。

我从未及运走当作垃圾扔掉的杂草里，挑出了几茎还颇完好的野薄荷，布满细绒毛的多齿叶片，还有茎端那爆裂为无数鳞片的淡蓝泛粉的小小柱形花，仿佛都在微微喘息。我从卫生间取出一只本来为住客漱口准备的玻璃杯，插上那野薄荷，搁在了电脑边。

又过了两天，敲着电脑，一瞥之中，忽然奇怪，那野薄荷怎么竟不枯萎呢？细观察，发现眼前的，已经不是那天拾来的——恍然大悟，敢情是收拾客房的服务员代为插入的！

旅店客房大体实行背靠背服务，一般都是我出院去新楼餐厅吃饭时，回来屋子就清理好了。那天我故意回来得早些，于是遇上了服务员。其实初入住也见过，交谈过几句，知道这小院是两个人轮值，白天是女服务员，晚上是男服务员。我问还没清理完房间的女服务员："野薄荷是您每天为我换的吗？"她点头。又问："院里的都铲掉了呀,您从哪儿采来的呢?"她答:"外院墙角太湖石边还有不少,他们网开一面。"我跟她道谢,这才看清她的面貌,眼睛细长,牙齿不齐,难称美丽,但嘴角的微笑很真诚。我跟她说:"我是不赞成铲掉自然地衣的。何必全弄成一个样子呢?"她就说:"是呀。有差别才有意思啊!"顺便指指给我换上的两只外表一样的热水瓶:"这只到明天早上还热,那只到晚上就温了,它们性格不同,您要热要温,可以区别对待。"不多的话语,令我对她刮目相看。

她每天为我电脑旁的玻璃杯里换野薄荷——这应该算一项额外的服务,我觉得她似乎知道我是谁,但她绝不问我什么,我呢,心里泛起许多揣测:她也许具有大学本科学历,却偏选择了这样一个工作,甚或是为了忘却什么重塑什么,但我也坚持绝不向她打探。

预定住一个月,到二十天的时候因故撤离,退房前我去她所在的那间悬挂着"服务台"牌子的屋里,想跟她一总地道个谢,她不在,我却惊讶地发现,柜台上扣放着一本显然是她抽空就读几页的书——普鲁斯特的《追忆逝水年华》。

回到家里,打开电脑,有股野薄荷的气息,刷新着我的思维。

框住幸福

接到惠姨电话,问我什么时候得闲,她要给我送些镜框来。惠姨虽是远亲,可是父母在世时,常来我家,待我很好,记得我的头一本《安徒生童话集》,就是在我十二岁生日,她送来的生日礼物。后来我们来往越来越少,最后一次见面,是五年前她老伴去世,接到通知后,我和妻子捧了一篮白菊花去她家,很安慰了她一阵。前年她退休了,倒也过得安闲自在。近年来我们只是在春节时互通电话拜年,没想到这跨世纪后的春节期间,她忽然说要来我家。

惠姨来,当然欢迎。但她不说来拜年,说是送镜框,这却颇费我们猜疑。妻子说,她是长辈,论拜年应该我们去她那儿,她来,自然不说是给咱们拜年,但她来还要带镜框当礼物,这就未免太客气了,干脆,还是再去个电话,咱们提些营养品,去她家吧。我就给惠姨打电话,按妻子的口径说了。惠姨说那不好,因为那天她不止来我们家,还有附近几处亲友,她都要送去镜框,我只好依她。放下电话,我恍然大悟,一定是惠姨退休后手头不甚宽裕,借着身体尚好,揽了哪个公司的活儿——推销镜框。这倒也不足为怪,无可厚非。

约好的那天,惠姨来了。虽有思想准备,还是让我们大吃了好几惊。首先是,她不像是她,倒像她那在武汉安家的闺女,眼角虽有明显的鱼尾纹,脸颊却泛着天然的红润;脱下天蓝色羽绒服,现出一身贴体的玫瑰红保暖运动服,她那腰身不仅不显肥胖,竟比五年前苗条了许多;乌黑的头发她说是才染过,但依然丰茂,样式也不古板;问她坐什么车来的,竟回答是骑自行车来的,说是既健身,也好驮装镜框的大提包……我不禁笑道:"呀,真不知道来的是阿姨还是表姐了!"

落坐沙发上,呷了几口妻子送上的香茶,惠姨就兴致勃勃地打开提包,掏出若干镜框,让我们挑选,她说:"你们喜欢哪个留哪个!"那些镜框大的可装十二寸相片,小的可装四寸相片;所有木制镜框都保持原木颜色,那正是我和妻子都喜欢的雅致格调。她不住地笑问:"怎么样?好吗?喜欢吗?"我和妻子交换了个眼色,连连赞好,有意多挑了一些。看我们真的喜欢,几乎每种尺寸、样式的都至少挑了一个,她爽朗地仰脖笑了:"好!好!我没白来!"妻子搬出更多的零食招待她,我把为她准备好的营养品提到她跟前,对她说:"惠姨,这只是一点小小的心意……至于这些镜框,您也别优惠,该多少是多少……"惠姨的笑容忽然定了格,几秒钟后,她先是敛了笑容,轮流看我和妻子的眼睛,然后,她忽然大笑起来,把拳头砸在了我肩膀上,高喊:"你们呀!想到哪儿去啦……"

误会很快消除。原来这些镜框全是惠姨自己制作的,起初,她只是为了怀念老伴,老伴生前喜欢业余做细木工活,留下了一匣子工具,还有许多的木料;后来,她觉得制作镜框既健脑也强体;再后来,她从中获得了极大乐趣,沉浸在美的境界里;近来,她心里头更翻腾着一种激情,就是要把自己的幸福感和快乐情绪,尽快地与亲朋们分享……

坐在我们眼前的惠姨,原来是一个幸福而快乐的生命。我原来总觉得,在眼下这样的一个时空里,持久的幸福感与快乐情绪是可望而不可得的。温饱无虞,却总觉得自己所得还不够多,向往成功形成焦虑,有所成功却又这山望着那山高,焦虑度反倒更深了;凡付出劳动的总想谋求最高的报酬,凡不能上市的事物就都不愿投入;自己的幸福快乐总怕享受不了多久,不但没有与人分享的冲动,而且对别人获得的幸福快乐按捺不住妒火中烧……

　　惠姨告别我们,又给别的亲友送镜框去了。妻子立即挑选照片往那些镜框里镶嵌,不住地举起选出的照片问我好不好。我却还坐在沙发上咀嚼品味惠姨来访所馈赠我的心灵营养品。幸福的向往不该是无边的。一位大富豪前些时为什么跳楼自杀？其实即使他的财产大缩水乃至破产,如能甘心回归到一般人的温饱生活,仍可心灵欢畅,但他的欲望只能往无边沿的深邃处膨胀,而完全不能由朴素的健康心智将其框定在适当的弹性范畴里。是的,我们要学会框住幸福,它应该由健康、自足、乐观、与人为善框住。

第一辑 阳台上的蝴蝶

藤萝花饼

　　街口新开了家小食品商店,最显明的标志是门口的大冷柜,柜面上彩绘着厂家的图徽字号。店主是下岗的小汪,我们在他下岗前就有来往。他爱人桂珍还在公共汽车上当售票员,倒休时跟他一起照应生意。我傍晚散步有时拐到他们店里,如果正遇到中小学生放学,买冷食的多,我就给他们搭搭手,他们收钱,我出货。如果生意清淡,我就跟他们聊聊天。我去了,他们总要请我吃冷食,我总是坚拒。我说:"你们小本生意,挣点钱不容易,朋友熟人来了,你们这个请一份冰激凌,那个请一瓶冰茶,还有什么赚头?"可是,任我不吃,每回见我去了,仿佛条件反射,小汪头一句总是:"刘叔,来份什么?"倘若桂珍也在,她会更加热情,有一回就拿出一种江米红枣粽的冰糕,打开包装,直伸到我鼻子前,说:"这个你一定喜欢!"我退后半步,依然没接,她就自己吃了,边吃边跟我透露,他们卖这些冷食,利还是颇丰的,每月除去交税、电费及合理损耗,他们这小店的收益,足以使他们过一种自得其乐的生活。难怪他们见朋友熟人来了,总愿那么慷慨招待,而一些朋友熟人,也就很自然地接过他们递上的冷食。

　　前两天我又散步到他们小店,那天奇热,傍晚时还觉得鼻息如蒸。我去了,他们小两口都在。生意热闹了一阵,天光敛去后也就清

61

静下来。我们说说笑笑一阵，相处得跟往常一样融洽。但当我告辞，走在回家的路上时，心里却滋生出一种失落感，那感觉还挺迅速地在我胸膛里膨胀。我失落了什么？这一回，他们两个见了我，谁都没有了请我吃冷食的话。我在小店待了至少有四十分钟，而且这回我口干喉燥，很想用冷食润一润。我身边就是装满冷食的冰柜，里面那么多可供选择的品种，但我与那些美味之间却隔着一道无形而坚韧的屏障，那屏障是以我的一贯坚拒他们的好意，以及我从不在他们那里买东西（因为如果我说要买他们一定不会收我的钱），也就是我自以为是的想法而形成的。看来他们也终于接受了那道屏障。

当我接近自己家门的时候，我才深刻地意识到，每回小汪与桂珍那真心请我品尝冷食的举动，我的心灵在默默地领受中习惯了，麻木了，甚至转而轻视乃至鄙夷了。现在他们"知趣"，自动中止了那一份虽然极为世俗却也极为真挚的友情表达，我却一下子承受不住了！

我常常沉浸在自我肯定的情绪中，总觉得在这个有着那么触目惊心的腐败现象的世道里，我即使不能自诩高尚，也总算是个雅人。我还有些超功利的人际交往，不是吗？那天，我给很久没有联络的退休的朋友去了个电话，说想找他"臭聊"一通，他热情地欢迎我去。我去了，我们聊得欢天喜地，他留饭，我也不客气，吃了他老伴做的极可口的打卤面以后，他老伴又搬来一个"黑森林"蛋糕，我不禁脱口问道："咦，今天谁的生日？"我那问话竟如雷击一般，使他和他老伴悚然相视，随即好几分钟默然。告辞离去后，我在街头迎风闷走。朋友以为我记得他的生日，才在那天去他那里叙旧，而我，不过是为了给忙中偷闲的自己，临时寻觅一个温馨静谧的港湾，小作休憩。

昨天傍晚忽然门铃响，从猫眼望出去，依稀辨认出是很久没见过的原来住杂院时的一个街坊。他来做什么？把门打开，那中年人对我说："母亲让我一定要给您送两个来……"递过一个"便当盒"，我把他请进屋,让他坐下,喝茶细道端详。他母亲,我唤作高大娘的,九十三岁了,现在住进医院,恐怕是难以回家了。高大娘家门前,有一架紫藤,每到夏初,紫藤盛开时,她就会摘下一些紫藤花,精心制作出一批藤萝花饼,分送院内邻居。当年我是最馋那饼的,高大娘在小厨房里烘制时,我会久久地守在一旁,头一锅饼出来,她便会立即取出一个,放在碟子里给我,笑眯眯地说:"先吹吹,别烫了嘴!"现在高大娘在人生最后一段旅程里,提出想吃藤萝花饼,晚辈已经不会她那手艺了,现在的做法,不过是把藤萝花裹上面粉,用油炸一下罢了,但给她送去以后,她非常高兴,回光返照中,脸颊像玫瑰般艳丽。尝了几口以后,她便想起了我,立刻嘱咐她家老二把一些藤萝花饼——其实已经不是饼,而要称为"藤萝傀儡"——给我送来。说实在的,我已经多年没有过问高大娘的生活,然而,她却还记得我,在她生命的最后时刻,仍要与我分享那藤萝花制品的美味……

  我没有对来客说更多的感谢话,我看出那老二只是急着完成母亲布置的这项任务,心里并不怎么太理解高大娘的情愫。送走了高家老二,我独自坐在餐桌边,望着那些"藤萝傀儡",心中旋动着难以名状的感动。生在这个世界,活在这样世道,有一种更高更美、属于永恒的境界,需要我不懈地去修理、提升自己的灵魂!

ZC 相册

小伙子假期跟几位"驴友"结伴下江南,一路上超快活。在苏州,逛完寒山寺,发现寺外过河还有个枫桥景区,就进去再寻个大快活。

发现那枫桥前方岸边,有个古人铜像,卧坐着,轻闭眼,搁在膝盖上的右手,被摸得变了颜色。见有的游人争着去摸铜像那只手,他和"驴友"岂甘落后,也纷纷去摸那手。想必摸了吉利。一路上,他们见到景点若干处所,塔形香炉呀,放生池呀,总有人往里头抛"钢镚儿",也都跟着抛;凡见别人去摸的,他们必摸。在道观里,他们随口念出阿弥陀佛;在佛寺里,他们议论"万圣节"的南瓜扮怪。

一路照相。反正各自都有数码相机,相机电池耗尽,来不及回旅店充电,就权且用手机拍摄。在镜头前,他们的 pose 一个比一个夸张,一个比一个搞怪。

那时一个旅游团过去,铜像那里游人不多了,他们可以尽兴拍照。小伙子一跃而上,跃到基座上那古人铜像的怀抱里,歪倚着,咧嘴笑,一只手还打出 V 形手势,那边几个闪光,把他拍了下来。跳下铜像,笑作一团。

这时踱过来一位老先生,跟他们打招呼,重点瞄上了他,望着他说:"小伙子,高兴啊!"他就知道那老头会批评他不该跳上铜像,立马主动说:"好啦好啦,不再上去就是啦!"老先生却笑吟吟地,开始跟他们聊天:"喜欢这铜像啊?知道他是谁吗?""知道啦,古人啊,唐朝的,写诗的啦!"有个"驴友"就哼了几句歌星毛宁唱红的《涛声依旧》。小伙子高声说:"我们都知道,他叫李白!"老先生笑了:"李白的诗当然写得好,可是,这铜像塑的却不是李白。塑的这位唐朝诗人叫张继。为什么在这里塑他?你们刚才哼的歌,是把他当年写的那首诗,抻面条似的变化出来的。其实他写的只有四句,非常凝练。喏,那边的诗碑上,就有他的那首《枫桥夜泊》。"小伙子说:"知道知道。能背能背。"他和几位"驴友"就试着背,结结巴巴,只有"夜半钟声到客船"一句全对。"这铜像塑得真不错。"老先生引领他们围绕那铜像,从几个侧面指点他们欣赏。小伙子心里爱听,面子上挂不住,插话说:"我们是自由行。我最烦导游絮絮叨叨。游人有权利按自己喜欢的方式来游览啦!"可是有几位"驴友"表示愿意听老先生讲下去。老先生蔼然可亲的话语最后还是征服了小伙子。老先生说:"你们应该在这里拍照。那个旅游团的成员,有的站在铜像一侧,摸着他右手拍照,大体还说得通。诗人用手拿笔写诗,摸着他手,沾点诗味儿……可是,还有更多的方式来拍照留念。比如——"老先生拿出自己的数码相机,对小伙子说:"我给你拍张试试。拍好拍坏我都会当你面删除的。不过,要是我拍出的这个画面你喜欢,那我就用你的相机,给你拍下来。"老先生建议小伙子站到铜像右侧,望着诗人,启发他跟诗人进行超时空的心灵对话:"您为什么认为江枫和渔火是在'对愁眠'?那寒山寺的夜半钟声,为什么让您那么忧郁?人生除了享受快乐,难道咀嚼忧郁也是一种精神生活吗?"不知不觉地,照片拍下来了,拿给小伙子看,众"驴友"也围上去看,小伙子不想说什么,只是心里有<u>丝丝缕缕</u>异样的情愫旋动起来,那是他之前生命不曾有过的体验。老先生把他那相机里的试照删了。"驴友"们纷纷按照老先生建议的路数用各自相机拍了照片。到最后,小伙子才把自己的相机递给老先生,说:"您给我拍吧。"老先生拍完,在跟他们道别前又柔和地说:"到这种名胜古迹里参观游览,谁也不可能把其中的历史、文化积淀一次性汲取完,但总归还是多少能让心灵悟到一点什么为好。另外,提个小意见。你们之前照相,总喜欢摆出个V形手势,V是英文 victory 的简写,表示胜利。可是,参观这样的地方,包括欣赏自然风光,并不是打仗、竞技,为什么非摆V形手势呢?我还注意到,你们原来几个人合影的时候,有的人是手背朝外打出V来,哎呀,在英国、澳大利亚、新西兰,那可是侮辱人的手势,形同骂人啊!年轻人,别生我气啊!萍水相逢,咱们今后可是要相忘于江湖了哇……"

小伙子旅游回京,这次在遇见老先生以前拍的若干照片,全删除了,但打印出了那张倚在铜像怀里摆V型手势的,又从以往相册里拣出了一些,合并到一个相册里,本来想用油性笔在扉页上写"知耻相册"四个字,想了想觉得这个隐私还是更稳妥地保存起来为好,最后就写成了"ZC相册",他想,自己有了时时翻看这个相册的勇气,标志着自己在走向成熟吧。

三室九床

退休后,他教的几个拉小提琴的小学生里,属力力最让他吃惊。他问过她,既然是女孩子,为什么那名字写出来不是丽丽、莉莉、俐俐什么的,而是这么两个字?她回答说:"妈妈喜欢这两个字。"

别的几个孩子,每天总有家长接送,或母亲或父亲,有的间或还由祖辈或姑姨陪同,对他极为热情,嘘寒问暖,送些小礼品,他却总报之以不咸不淡的温开水般的回应。而且,他一开始就立下规矩:琴盒一定要让孩子自己背来,如果让他看见是家长替背来的,则不但那家长会遭他白眼,对那学生也会格外严厉。他教授时,严禁家长在场,甚至站在窗外聆听让他发现了,也会惹得他停止授课,直到那家长知趣躲开。起初,教完后家长总缠着他问:"我们孩子进步大吗?"他总淡淡地回答:"您回家自己听,如果听不出所以然来,我说了就算数吗?"

家长们后来都不再问,因为随着课时的积累,回家一听孩子练琴,最迟钝的耳朵也能感觉到,那琴声不仅愈见优美,里头还一点一滴地渗入了让人感动,而又难以说出来的那么一种音韵。都传说这位教授退休后不在自己家里收徒,也不在自己任过教的那所学校开设的业余班授课,非跑到离其居所颇远的这个民营学校来担任课程,是出于一种很纯净而浪漫的原因,但究竟是怎么回事,传说的版本不一,谁又敢去直接问他呢?关键是都知道他教得好,其门下的桃李,获得过各种奖项的,已不下十个。

虽然学生不多,他却记不大清他们各自的家长。尽管有的家长给他留下了颇深的印象,比如一位母亲身上总是老远就冒出一股浓烈的香水味,一位父亲跟人离近了说话时,总是很优雅地用手挡住嘴里的呵气……但他们究竟是哪位学生的母亲和父亲,至今还是有点拿不准。力力让他吃惊,也是因为有一天他忽然问她:"你妈妈呢?"力力说:"没来。""她为什么不来?"问题一出口,对视中,他感到力力在吃惊,他自己其实也吃惊,他不是一直在强调"你们不是为家长而学琴,你们是为自己的灵魂而亲近音乐"吗?

"她来不了。她……在医院,在病房里……"力力这样解释,他不由得再问了一句:"很久了吗?"力力回答:"好久了,一直在……"她说出那医院的名字,并且更具体地说:"内科病房,三室九床。"他就对力力充满了同情,他想,这孩子只提妈妈,不提爸爸,估计是父母离异了,而她妈妈又长期住院,她能坚持自己来学琴,也算难能可贵了。那次问答后,他对她的指点,比对其他学生,就略多些略细些。

那天他去医院探视一位老友,探视完心里觉得软软的,有柔曼的琴音,他款款走出那长长的走廊,都走到前面的圆厅了,忽然,他想起来,这也就是力力告诉他的那所医院啊,而内科病房的标识,就指向另一侧的廊道,瞬间他做出一个决定,他往那方向走去,去往三号病房,去跟那位长期卧在九床的母亲说,她的女儿现在不仅指法、弓法都趋娴熟,而且,丝丝缕缕的灵气,开始从弦上旋出……也许,他的出现,他的报告,不啻灵丹妙药,能够大大促进她的康复?

他找到了三号病房,三个床位,七床和八床的病人大概还能走动,去花园里散步去了,九床上是个一下子看不清面目的妇女,一位护工正在谨慎地帮她翻身。

他努力地想从那病人身上发现出力力的哪怕是很淡的影子,那侧身的病人似乎发现了他,并对他微笑,他觉得心中的琴音和诗意戛然中止,但既然来了,也就还是报告吧,他就告诉她力力最近琴艺确有长足的进步……但他刚把话说完,就立即觉得不对头,那床上病人脸上的微笑,细看竟是一种病态的懵然,而且,其年龄作为力力的母亲,似乎也过大,更让他没想到的是,忽然一声欢叫响在了耳边:"力力真有那么好吗?谢谢老师,谢谢啊!"他偏头一看,惊呼热中肠的,是那位护工!那是一位黑红粗壮的妇女,但眉眼间,分明有与力力相通的韵味!

这些天,他的心弦一直颤动着。他知道了,医院里的护工,百分之九十五左右全是外地人,但力力的母亲,却是那属于极少数的本地下岗职工,作为护工,他们的工作极为辛苦,特别是接屎尿洗便盆和为病人擦身按摩对付褥疮,全天候地侍候,晚上只能支个折叠床,在病房里迷瞪一时,侍候到病人出院或者去世,才能回家暂歇一时,但也焦急地等待着医院的通知,好再去侍候一位挣到点钱……

他一直在构思一阕小提琴曲,原来乐思只在小时候记忆深刻的那首儿歌的素材里转悠,现在,他觉得仿佛泉水涌出了泉眼,那些活生生的蝌蚪,跳跃在了他谱纸的五条线上……

给心房下一场雪

一赢

春节前,物业公司雇了些农民工给我们这座二十六层的公寓楼擦玻璃。我一个大午觉醒来,发现卧房外大阳台的玻璃分外明亮,心情大畅。起来活动完身躯,坐到电脑前浏览信息,再起来活动,已是夕阳西下。踱至客厅,忽然发现,那最大的一块窗玻璃,竟然只喷了清洗液,而并未擦拭。赶紧给物业打电话,回答是:擦玻璃的农民工已经撤离,正在结算工钱。我赶到物业,办公室门外,盘放着粗韧的缆绳,还有简陋的吊凳。几个高矮不等的农民工,抽烟等候着什么。我进到办公室,正听见物业管理员跟小包工头说:"至少有两户投诉你们漏擦,现在天开始转黑,也没法子补擦了,你们又是明天返乡的车票,我只能是扣你们的工钱……"那小包工头很高的个头,很瘦的身躯,尽管下巴上滋着胡须,面容看上去还年轻,说什么也不愿意被扣工资,宣称:"我立个字据,过完春节回来,我一定来给补擦!"我本是去兴师问罪的,见那情形,意识到即使是十块二十块,对于他们农民工来说也非常宝贵,就插进去说:"其实不是什么大事,我们自己想办法从侧面窗户够出去,用特制的窗刷子去刷那面大玻璃的外面,也能解决问题。"那小包工头摇头:"别别别,那么高,你们太危险!我回来一定给补擦!"他果真立下个字据。他走了,物业管理员笑着把那字据递给我看:"其实没什么用。他们原是那边新楼盘的建筑工,现在开盘不见人气,二期工程恐怕上不了马,他们节后回来估计工地没活儿。这字据上虽然有他身份证号码、手机号码、租住房地址,到时候他不来补擦,我们也拿他没办法。"我拿眼一溜,只觉得那最后签署的名字很古怪,姓氏这里隐去,只说那名字:一赢。

春节期间虽有亲友来访,无人注意到客厅那面最大的窗玻璃没擦,吃完元宵,我把这事也忘了。前天,我正在客厅沙发上翻书,忽然发现窗外先是有粗缆绳晃动,然后从上方移下一个吊凳,吊凳上正是一赢,他认真地擦拭着那块节前漏擦的窗玻璃,我走近窗前,他发现了我,咧嘴笑……

他干完活,把他请进家来,费了老大的劲。给他倒热茶,他说习惯只喝白水,也不一定要热的。终于引得他跟我聊起来。他说他不是什么包工头,真正的包工头有的已经在北京买下楼房住了。只是因为他们一起干活的乡亲,在没有大活干的情况下,由他牵头,联系一些类似这种擦玻璃的小活路罢了。我说现在北京光环路上就有多少大写字楼啊,哪座楼不需要定期擦玻璃啊。他没等我说完就摇头,告诉我人家一般都会跟专门的保洁公司联系,而他们也试着去那种公司求职,人家说早满员了。他问我能不能帮他找个比较固定的工作,一月一千就满足。我说没那个能力。他现出失望的表情,但也还能跟我继续往下聊。他说他一九七四年出生的,家乡在南北方交界的山区,他家属于乡里最困难的,他生下来好多年都没有正式取名儿,家里大人就叫他娃来,他四岁就能背几十斤的山草,直到八岁还没去上学。他们那个小村归一个大村管,那八里以外的大村才有一所小学。他没上学,可是非常羡慕能上学的同辈。有回赶集,卖掉一大筐菜,在集上拣回一张报纸,回到家他就自己来读,他先猜出了"一",后来又猜出了"二""三",可是找不到四根杠的他想象的

"四"……终于,有一天大村的小学校长找到他家,跟他家大人说他必须接受义务教育,那校长其实也就是老师,那学校一共才五个老师,他们什么课都教。校长姓田,他去学校第一天,把那张旧报纸也带去了,得意地指点着跟田老师说,他认识"一""二""三"……田老师很高兴,跟他说:我要教给你笔划更多的字!当时就找出了"赢"字。就这样,他认识的第四个字并不是"四"而是"赢"。田校长知道他还没有正式的名字,就给他取名为"一赢"。但是他上完小学没有再上初中,初中要到二十里以外的镇子去上。他家的情况,还有村里的整个风气,使得他十几岁就外出打工,最近七年他都在北京,参加过奥运场馆的建设。他在离我们楼盘不远的仍遗留在三环与四环之间的村子里,租一间石棉瓦的砖垒房,月租三百元。媳妇在清洁队扫马路。孩子带到北京,在住地附近的小学借读。我感谢一赢把他的故事讲给我听,他笑:"我这算什么故事?"

　　我从明亮的阔窗往楼下望,一赢正蹬着放妥缆绳吊凳的平板三轮车离去。他与我的生活轨迹难以再次交叉,但我们却同在一个时代的故事中。

第二辑　人在胡同第几槐

炸酱面

人饿极了，脑子里就要浮现出最想吃的东西来。我问过一位老同志，他在"文革"中，屈蹲了七年的大狱。他让我猜他饿极了或勉强咽着极糟糕的食物时，脑子里热腾腾香喷喷地浮现着的食物是哪样。我起头净往山珍海味上猜，因为这位老同志，本是搞外事工作的，想必灯红酒绿的宴席上的佳肴，最能勾起铁窗中的他的浓酽的回味。他坚决地否认了。看我总猜不着，他便提醒我说：就是北京人平日常吃的好东西。我便猜烤鸭子、涮羊肉，他还是摇头。后来他告诉了我谜底：炸酱面。

去年秋冬在美国访问，时间过了一个月以后，就开始想家。家是最具体的东西，具体到厨房里油锅热了，妻子把生菜倒进锅里，所发出的那么一种特有的难以形容的声音，然后还有锅铲碰撞锅底敲击锅帮的声音。吃了美国朋友破费招待的英式煎牛排、法式烤龙虾、德式烩羊腿，以及许多中餐馆的各式风味菜，自己一路上也掏腰包吃了无数"麦当劳"及其他快餐连锁店的汉堡包、三明治、意大利比萨、墨西哥煎饼、日本寿司、印度尼西亚抓饭，胃口总算不错，也时时发出"值得一品"的感慨。但越到后来，心里头就越想家里的饭，脑子里不禁活脱脱地浮现出最怀念最向往的食物，哪一样？说来莫怪——

恰恰也是炸酱面。

我本是四川人,但八岁就来北京定居,三十多年过去,我在生活习惯上已大体上北京化了。烤鸭子和涮羊肉固然是北京的代表性美食,一年中吃的次数不算太少,但毕竟不是日常的食物,像豆汁、炒肝、炸糕、切糕、艾窝窝、驴打滚、豌豆黄、芸豆卷……更只是偶一享之的小吃,不可能正经当顿儿的。日常如同汽车进了加油站,郑重其事地补充能源,大口大口吞食的,往往还是炸酱面。

仔细想来,在美的事物中,给予人最持久的享受的,还是常态的美。炸酱面于我便饱蕴着生活的常态之美。人在沙漠中渴望生命之绿,头脑中未必浮现出风景名胜地的修林茂竹,倒很可能油然地显现着家乡最平凡然而也最生动的一角绿野。我在纽约夜里独宿思念北京时,头脑中似乎并没有凸现出天安门城楼或万寿山的佛香阁,倒是我度过童年时代的那条灰色的胡同,以及胡同中那株皮瘤累累、绿冠摇曳的老槐树,在我脑海中沁出一派温馨。

在旧金山的唐人街,也曾巴巴地寻到一家卖炸酱面的中国餐馆,搓着手咂着舌要了一碗炸酱面。但端来以后,看不中看,吃不中吃,总觉得是赝品。的确,炸酱面这类家常便饭,必得由家里做、在家里吃,才口里口外都对味儿。所以炸酱面里实际上又凝聚着一种家庭之美,亲情之美。

就我所知,许许多多的北京人家庭,一年四季里的家庭快餐,主要便是炸酱面。炸酱是一次炸一大碗,乃至一大钵。一般用黄酱炸,也有用甜面酱炸的。汉民炸酱里一般都放肉丁。炸酱里不兴放净瘦肉肉丁的,那样炸出来拌进面里反不好吃,一般是肥瘦兼有,炸酱放凉了后上头可以汪着一层油。回民及一些怕荤腥的汉民则时兴往炸酱里搁鸡蛋或虾皮,油不那么重,炸得放凉了不汪油,看去很像美国人爱吃的巧克力酱。炸酱面的面条最好是和面来自己押,或擀成薄饼状再切成一条条的,当然现在双职工居多,难得自己弄,一般都是在粮店买现成的切面。实在没有切面,则挂面、方便面,也都可以拌炸酱吃。只要面煮得热腾腾的,炸酱就是凉的也无碍。当然讲究一点的,还是顿顿都把炸酱焆一下再吃。吃炸酱面时一般都要准备足够的菜码,夏天黄瓜、小萝卜最佳,洗干净了不切,攥在手上,边吃面边啃几口,那知足劲儿就别提了。冬天则用大白菜、菠菜、胡萝卜切成碎块长丝,用水焯了,配着吃。多半还会剥几瓣白亮亮肥嘟嘟的大蒜,花插着吃。唉,炸酱面哟,时下的北京城——也许还不仅仅是北京城,恐怕还有许许多多北方的城市乡镇,普通的家庭,普通的双职工,普通的百姓,主要靠你提供日常的热力和动能,在各自的位置上活跃、编织、推进着被我们以激动人心的字眼命名的民族大业。作为一种民族文化,一种社会生态景观,你会长存吗?

炸酱面的主要成分还是淀粉。据说以淀粉为主的饮食结构是一种落后的结构。不过我们这么一个人口数目庞大的民族,恐怕不可能在短时间内改变为以精肉蛋乳和菜蔬水果为主的那么一种饮食结构。所以炸酱面至少于我辈除了实用价值外,也还具有某种暂难消弭的审美价值。我不禁想起一九六六年九月底的一件事。那正是"文革"初期,最疯狂的"红八月"旋风刚刚卷过不久,我和当时任教的那所中学的一批教师被"红卫兵"遣送到北京远郊一个偏僻的山村进行劳动改造。遣送我们的"红卫兵"不久就陆续回城继续他们的造反去了,山村淳朴的农民们得以公开地善待我们。有个贫农小伙子,叫张连芳,同我处得很好。他父亲是个老贫农,身体很衰弱,老伴早已去世,又无别的子女,同张连芳相依为命。连芳每日下地干活挣工分,他就管在家做饭。有天傍晚,张连芳把我叫到僻静处,跟我说:"过两天该国庆节了。俺跟队上说了,跟你们的头儿也说了,节里让你到俺家吃。你那点问题算不上反革命,俺爹跟俺不怕。"我感动得本已浑身微微颤抖,忽然又听他凑近我耳朵说:"俺爹给俺俩做好吃的哩。你知道吃啥吗?吃面条儿哩,吃炸酱面哩。你吃过面条儿吗?吃过炸酱面吗?"他那最后两句落进我耳朵里时,我灵魂感动得犹如飓风扫过大海,我紧紧攥住他粗大皲裂的手,抬眼一望,他脸儿红红的,放着光!鼻子一酸,我扑簌扑簌落下了泪。

那时候张连芳他们那个山村,是贫穷而闭塞的。主食主要是玉米和白薯,小麦极其珍贵。张连芳已经十八岁了,还没有上过密云县城。在他来说,吃白面条儿,拌炸酱吃,是天大的乐事,而他竟愿意同我分享!如今回忆起那一餐炸酱面来,再联想起这些年所经历的种种浮沉,人生百味一齐扑上我的心头!

那从地理距离上算去并不遥远,而从平均生活水平算去曾相距甚远的密云县小山村,如今该是怎样的面貌呢?张连芳想必早已娶妻生子,他的父亲,那憨厚慈祥地给我做炸酱面吃的老人,该还健在吧?在他家的餐桌上,炸酱面该不再是珍奇的食品;他还记得我吗?记得我那从灵魂里流出的泪珠,滴落在他那皲裂的手掌上的感觉吗?

今晚又吃炸酱面。这些年来吃过的炸酱面,陆续化为了脑的、腿的、手的力,化为了一些文字。今晚所写下的这些,该也对得起今晚的一大碗炸酱面吧?

中国美食

中国的末代皇帝爱新觉罗·溥仪在《我的前半生》一书中这样描述他如何吃饭,一声"传膳!"便有一个犹如送嫁妆的行列出现,从御膳房朝他居住的养心殿迤逦而进。几十个太监抬着大小七张膳桌,捧着几十个绘有金龙的朱漆盒,浩浩荡荡地进入殿中后,便在他的御座前摆出几十种菜肴,还有火锅……中国结束帝制后,御膳房的珍食美味得以通过北京北海公园里一家叫作仿膳的饭庄承继了下来,现在一般中国人和外国游客,都可以到仿膳品尝海红鱼翅、怀胎鳜鱼、蛤蟆鲍鱼、荷花莲蓬鸡等宫廷大菜,豌豆黄、芸豆卷等精致小吃,以及王朝末年擅权半个世纪的慈禧太后格外青睐的肉末火烧。

中国美食不仅仅是满足食欲的一些个烹制品。它首先是享有富足生活的价值象征。这一象征意义往往凌驾在进食者个人或群体的实际吞咽能力与消化能力之上。皇帝的尊贵,也首先体现在他每次餐席上食品数量的繁多。据溥仪回忆,当他只有五岁时,御膳房每天便必须为他消耗二十七斤猪肉和八只鸡鸭。一个月便要费去白银一万五千两左右。慈禧晚年食量很小,每餐仍要在长长的餐桌上给她铺陈出上百个盘、碟、碗的菜肴点心,据说其实她每回只不过就近品尝几样而已。那时毕竟没有优良的冷冻设备用以保鲜,因此离她最远的某些提前烹制的菜点已经腐烂变质,是用来滥竽充数的。这种越多越好的餐饮习俗一直延伸到民间,延续到今天。中国人喜欢围坐在一张阔大的圆桌边共餐。大圆桌上摆放的菜肴汤点越多,便越显得"有面子"。餐后剩下许多菜肴,直到今天仍被许多中国人认为是正常的,甚或是一件颇值得自豪的事情。倘是在餐馆里用餐,席散用盒子将剩余的菜肴带回家去,仍被不少中国人认为是不好意思的行为。这种首先以巨大的供应量令人惊心动魄的餐饮模式当推"满汉全席",北京仿膳饭庄现在仍接受预订,进餐者需要坚持三个整天,用六次进餐的方式,尝到一百三十四道热菜和四十八道冷荤及各种点心。这对老饕而言,也应视为一次探险壮举。

当然,随着社会文明的进展,一味地追求多的饮食作风业已开始变化,但中国先哲孔夫子那"食不厌精,脍不厌细"的八字方针,至今在众多的中国人的心目中仍岿然不动。对食品精美的追求,一是体现在寻觅和享用珍奇的东西上。中国古代典籍中所开列的八珍包括了龙肝、凤髓、豹胎、鲤尾、鸮炙、狸唇、熊掌、酥酪。现在鲤尾和酥酪已不算珍奇,眼下时兴的山珍海味主要是燕窝、鱼翅、鲍鱼、猴头菌、发菜……以及龙虾、石斑鱼、膏蟹等生猛海鲜。为了一饱口福,有些人不惜吃珍稀的野生动物,比如只产于东北少数地方的飞龙(一种珍禽)、产于长江流域的大鲵(娃娃鱼)、产于南方的穿山甲、果子狸、大蟒蛇等等。不过,中国美食的真正妙谛,还是用很普通的原料,通过极不普通的烹饪方式,点化为绝美的佳肴。这是中国传统烹饪艺术中最值得赞美与发扬的一个方面。诞生于二百多年前的中国古典小说《红楼梦》中,写到贵族之家的餐桌上有一道菜叫作"茄鲞",其制作方法是:把新摘的茄子削了皮,只要茄肉,切成碎丁子,用鸡油炸了,再用鸡脯子肉和香菌、新笋、蘑菇、五香豆腐干、各色干果子,都切成丁子,用鸡汤煨干,再用香油一收,外加酒糟调制的油一拌,盛在瓷坛子里封严，要吃的时候拿出来，用炒的鸡腿子肉一拌，便成美味。这道菜虽然只用了茄子、鸡等并不名贵的原料，然而其堪称高级的烹饪艺术，产生出了"此菜只应天上有，人间哪得几回尝"的强烈效果。在中国漫长的烹饪艺术发展史上，这种以普通材料制作出美味佳肴的艺术创造构成了人们口福的主流。

中国烹饪艺术讲究色、香、味。请注意：中国人把"色"，即视觉上的享受排在第一位。"色"不仅指颜色，更是指菜肴汤点的形态。中国人是把菜肴汤点当作绘画与雕塑来对待的。一个大冷盘端上了桌，你可能看到那恍若是一幅不仅装饰性极强，而且还能与京剧、国乐、中国古典建筑相通的一种特殊情调。在大写意的灵动中，有写实的栩栩如生；在写实的基础上，又能引发出你丰沛的联想……真是菜中有画，菜中有诗，菜中有音韵，有无限的风情！中国美食的视觉快感不仅表现在单个的品种上，善于配餐的人士能使几种菜点整合为一个完整的美境。比如《红楼梦》里有一回写到丫头芳官吃饭，那已经是很"简单"的了：一碗虾皮鸡皮汤，一碗酒酿清蒸鸭子，一碟腌的胭脂鹅脯，还有一碟四个奶油松瓤卷酥和一大碗热腾腾碧荧荧的绿畦香稻粳米饭。你看那色彩、质感、形态、情调搭配得多么好！更不要说香气氤氲和味道鲜美了！

在中国的烹饪艺术里，溶解着中国人种种传统的文化心理。西方人聚餐几乎都是用长条桌，而中国人聚餐几乎都使用大圆桌。大圆桌是一种消解个体意识、强调群体人际关系重要性的饮食工具。中国传统文化的主流是劝慰引导个体服从群体，特别是服从长辈，"大团圆"是中国从戏剧到餐饮方式中的"永恒主题"。中国的烹饪方式，往往是将各种材料加以彻底地混合与交融，完全改变了所有材料的原始面目，使不知底细的食客简直猜不出所食用的美味是用什么东西合成的。这种烹饪和饮食习惯里，也许便蕴含着中华民族坚韧凝聚力的玄机。西方的餐具如刀、叉、勺，都是一只手只拿一个，而中国人所使用的筷子，一只手里必须要弄两根独立的小棍，用以取食进食。这种从小练就的生活本领中，也许便渗透着历经几千年而不能泯灭的"仁"的精神。"仁"是中国儒家文明的一个最简约的概括，这个汉字实际上由"二"和"人"组成，意味着一个人的存在，必得至少以与另一个人的合作为前提。中国人每日进餐的筷子舞动，实际上都是这种儒家文明的潜在操演方式。

王府喉掸

我一度跟王爷过从甚密,不过,可不能说我们"相见恨晚",他原来哪有认识我的想法,我更没结识他的欲望,但外在的某种社会原因,使我们两个人竟时不时地凑到了一起,面对面地浅酌闲聊一番。

那时我们同住一条胡同,各在一所杂院里,住着一间狭窄的东房。王爷和我,这些相联属的杂院,几十年前,都是他们王府的组成部分,当然,又都不是主要的部分。是些"下房",还有马圈什么的。我说的这位王爷,是真王爷。虽说一九一二年清王朝就倒台了,但他们那个王府,一直苟存到二十年代末,才终于破产瓦解。他生于一九〇五年,他父亲,老王爷,死于一九二五年,那时他已经二十岁,因是长子,名正言顺地袭了王爵。据说他父亲死前,还想办法从住在天津张园的溥仪那里,为他取来过有关的御旨诏书。

我比王爷晚生了三十七年,我们俩相聚时,我二十八岁,他六十五岁,算是忘年交吧。我们的共同语言,是侃《红楼梦》。侃"红"的重点,则是其中的饮食描写。我们都看不起高鹗,原因是,高续第八十七回,写林黛玉吃饭,开列出的食品,竟是火肉白菜汤、虾米、青笋、紫菜、江米粥、五香大头菜——可见高鹗根本不懂得当年贵族之家在吃上的讲究。至于前八十回曹雪芹的饮食描写,王爷也并不觉得多么的见多识广。比如对茄羹的描述，我觉得真是匪夷所思，工序竟如此的复杂。王爷冷笑着说，那还远不是什么费工的菜肴。他告诉我，当年他们王府有一道荷花莲蓬鸡，是按宫里的做法，需要三十九道工序！

我和王爷大侃食经之时，那是连猪肉、食用油也要凭票供应的，加上我们的收入都很低——他比我更低，靠每天打扫胡同，每月拿二十几块钱的"清洁费"过活——都不可能上饭馆去。生动地描述着当年所享用过的美味佳肴，也算是画饼充饥，聊胜于无了。

有一回，我又逃避社会上如火如荼的"运动"，悄悄跑到他那小屋去"逍遥"，他高兴地跟我说，搞到了些个榛子，制成了一点酱，豁出去用足了油，还有肉末什么的，炒了一碗榛子酱，让我跟他一起，用那炒榛子酱下饭吃。我开头纳闷，这样的酱，拌面条，抹馒头窝头，岂不是更般配吗？为什么偏要拌饭？他给我解释说，他少年时代，"还没学坏时"，在王府吃家常饭，最喜欢这种吃法。我一试，炒榛子酱拌糙米热饭，就一杯最便宜的茶叶末沏的粗茶，那滋味真是妙不可言，竟一连吃了他两碗！

又一回，我问他：你"还没学坏时"，最爱吃炒榛子酱拌饭，那你"学坏"时，又爱吃些什么呢？他连连叹息说，那真是造孽——时不时地，或在大饭庄子里，或爽性把厨师们请到王府里，搞满汉全席！他说，满汉全席共有一百三十四道热菜，四十八道各色冷荤、点心、水果，要用三天时间，分六次，才能吃完！我听了目瞪口呆，说：呀，那怎么消化得了啊！恐怕每天吃了头一顿，就再吃不下第二顿了！他说：那是，不过，当时有办法。我问他有什么办法？他良久不言语，后来，他跟我说，知道我不会去揭发他"怀恋腐朽的剥削阶级生活"，他可以给我看一样东西——那是他当王爷时所遗留下的唯一的东西，"红卫兵"抄家时也没抄走，因为如果他不说明，谁也不会注意那东西……

他从铺板下一个装衣物的大纸匣子里,掏出一样东西递给我。开头我以为是踢着玩的鸡毛毽,后来在他解释下仔细一看,是个可以伸进喉咙里的小鸡毛掸子,那鸡毛已然乌糟霉变……啊,原来,那时他们一班王公贵族,吃满汉全席时,为了吃了还能再吃,不停地吃,常常地,用这个喉掸,伸进喉咙里去催呕,以便腾空胃袋……

我心中作呕,忙把那王府喉掸掷还给王爷,没想到这时他叹了口气,说了句掷地有声的话:"光冲这玩意儿,也不能不革命啊!"

皱皮苹果

从郊区书房回到城里的家,总会遭逢一大摞待拆看的邮件,我的习惯是先看熟悉者的,对于那些寄件方不熟悉的,一般是先拆看外表堂皇的,这是否有些个"嫌贫爱富"?但"金玉其外"的诱惑,恐怕是很多人都难以拒绝的,尽管往往会发现"败絮其中",也只好叹息一声了之。有的来函,信封寒酸,字迹幼稚,右下角的地址是某镇某村,由作协或编辑部贴条转来,根据近年来的经验,这样的信函,很少是读我新作品后告知感想的读者来信,多半是附上他写的并不成熟的习作,希望我能往报刊推荐的。

回到城里,大体浏览一下积存的邮件后,我多半会下楼,到附近绿地遛遛。那天到票友聚集的廊亭,听他们轮番演唱,几位经常炫技的票友,已成为我们那一带的明星,我一见他们那堂皇的架势,就总要坐到廊栏上洗耳恭听,无论是裘派黑头,还是程派青衣,听着那些唱段,真觉得满耳落花,满心沁芳。不仅那些名票脸熟,就连总去旁听的,也有若干熟脸。有位年纪估计跟我相仿的,个头矮小,其貌不扬,他欣赏时,总轻闭双眼,一只手还随那声腔在膝上轻扣,他那满脸的皱纹也微微抖动,令我觉得非常滑稽。

那天傍晚遛弯回家,饭后想吃水果,去阳台取。我家的水果一般都放在阳台的一个大纸匣里,弯腰一看,所储水果不多了,又忽然发现,在角落里,有只不大的苹果,显然是很久以前买来,一直忘了吃的,赶忙取出来,放在手心里一看,它那表皮已经干燥得起皱了。

想起多年前读过的一首诗,忘了是国人写的还是翻译过来的,里头有几句是以苹果的名义请求:"削我皮,或者用牙啃/之前,能否仔细欣赏一下/我表皮的美丽。"苹果,以及其他水果,确实有权利这样地要求人类。实际上我是一贯比较注意水果外表的,而且经常"以貌取果",也懂得把比如说苹果的外皮当作专门的审美对象。我曾很小心地将一只大苹果那华丽的外衣削成连续不断的螺丝转,然后将它巧妙地搁放到桌子上,令它望去仍是一只完整的大苹果。

那天我仔细端详那只皱皮苹果,忽然非常感动。它在被遗忘的那相当长的一段时间里,不让自己沾染霉菌,坚决地不腐烂,因此虽然它的表皮因脱水而发皱,却身无黑斑,并且让那红晕依然具有诱惑力,还散发出一种略带酒味的甜香。它是怎样度过那些寂寞的日子,如何洁身自好、保存实力,甚至还利用那被冷落的时间,尽量把自己的糖分保持住的?

我把皱皮削掉,那苹果露出的果肉居然鲜若处子,先尝一口,异常香甜!吃完它,还回味了许久。

第二天,我又下楼遛弯,又去听那些票友演唱。那位我觉得颇为滑稽的听众,又在那里闭眼击节。我忽然觉得,他很像是一只皱皮苹果。待那边一曲唱完,我就跟他说,您何不来上一段?他脸倏地红了,更像皱皮苹果了。接着也有其他人注意到了他,跟着劝,或者竟是跟着起哄,后来连操琴的也问,他究竟想露哪段?他呢,站起来,走到人群当中,说了声"让徐州",清清嗓子,跟拉琴的对了对弦,然后在琴师配合下,居然唱起了言派腔,宛转优雅,吐字如珠,我觉得那一刻他就仿佛削掉皱皮的苹果,因为在落寞中久久地自爱,保存住了一腔鲜活，一旦得以施展，则散发出沁脾的香甜。一曲终了，掌声里，我悟出更多。

我承认，因为对积存的邮件里那些"皱皮"的一贯轻视，有的启封后潦草一瞥，就马上当作废物丢弃。现在，我提醒自己，也许，那会是一只"皱皮苹果"，虽然其貌不扬，甚至猥琐鄙陋，但表皮里面，却会有鲜活的甜汁，我必须慎重对待，不得轻率处置。尽管到目前为止，还没发现好比能唱言派"让徐州"的高手能人，但殷殷期待之心，确是有了。

又想到，悠悠人生，谁能永居中心？谁能永有抢眼而马上被选取、光艳显示的机会？我自己，也颇像滑落到果匣角落的一只苹果，我能否努力避免感染霉菌，在洁身自好中，任凭表皮起皱，而内里仍默默地保持、积蓄着能贡献于他人、社会的精华呢？

电话机旁的纸片

家里安上电话机以后,我循例在电话机旁准备了一个小本本,上面开列出备用的电话号码,小本本后面几页是空白,以备续录,我不是一个社交多么广泛的人物,但很快地,小本本上便不仅没有了空白页,连原来整齐的行列间,也出现了许多匆促甚至歪斜的补充号码。这当然都不算稀奇。想来几乎每一个有电话的家庭都有类似的情况。

但我在原有的小本本被涂写得密密麻麻之后,却不再更新或增加新的电话号码本,而是用一些大小长短不同的纸片,来记录备用的电话号码,也不光是我记,家里其他人也记,又都并不认真地列行排齐,有时斜着,有时反着,有的竟相互重叠,经常地,谁想查一个要用的号码,查半天查不到,终于查到,却又模糊不清,甚至与别的号码纠缠,于是抱怨、发火……但那些不伦不类的纸片也还是都留了下来,而且,每过一些时间,那纸片的数目便有所增加。

前些天一位朋友来我家做客,闲聊一阵后,他要用电话,并且想从我的记录中寻出一个我们共同的熟人家中的电话号码。我让他自己检索,他便打开我那小本本,正惊叹里面何以夹着那么多小纸片,忽然窗外刮入一股风来,顿时将那些纸片吹得满室飞舞,活像穿翔着的白鸽,煞是好看!他一边帮我捡拾着那些纸片一边呵呵地讥笑我说:"怎么连再置备个小本本都舍不得!真是抠门儿大仙(北京人对吝啬鬼的恶谥)!"

朋友走后,我心想,也真是该清理一下这些纸片了——将有保留价值的号码誊录在新本本上,然后将它们尽悉撕碎扔进垃圾桶!当晚,我便来进行这桩工作。谁知,翻动着这些纸片,我手软了。

这些大小长短厚薄粗细不一的纸片,实际上,已经成为我生活的年轮。对,这张,本是一个信封,是从它的背面开始记录头一个号码的——回想当时,实在来不及翻开小本,何况下意识里也知道小本本已满……那封信还并没有读完,却来了一个电话,告知一桩于我极其重要的事情,并嘱我立刻与某电话处联系……我们的个体生命,便往往在这样的社会网络中,焦灼、疑虑、沉重、承担……

这张纸片原是包茶叶的,甚至于现在它仍散发出茶叶的淡香……用粗笔记下的那个号码,有一段时间我经常使用……虽然这个号码现在已经作废,可是,在那段岁月里,这个号码那边所传来的声音,给过我多少心灵的慰藉!……

还有这张,厚厚的,是张未中奖的"有奖贺年明信片",上面有儿子记下的两个号码,写在最边缘,小小的,仿佛想躲藏起来似的……我注意到,每次他拨这两个号码,总要把电话机端进他自己那间屋子,但那从客厅一直拖进他那房间的长长电话线,却总是昭示着他有隐私……我已进入青春期的儿子啊!岁月是多么神秘,它竟能把你,一个原本是我一只胳膊便能抱于怀中的乳臭浓酽的懵懂小儿,塑造成一个有其独立内心世界的小伙!

……这个号码,医院的,给我带来过悲思,那前些年还分明是活泼泼的生命,怎么竟会忽然僵硬硬地挺在那里?人生,真的到头来都会走到这一步吗?……可是,这个号码,却又让我想起,这世界上分明存在着热闹场,从这号码的机子那边,倾泻过来多少询问乃至质问、牢骚乃至愤懑啊!仅仅是因为,为什么这回没有"安排"他?他一再向我"问路于盲":谁给使的坏?谁当中传的话?……直逼得我语塞无奈,只好不欢而挂断。这些号码所引出的回忆,反差是多么大啊!

……这个号码,引出几许温馨;那个号码,令人摇头;还有这个,什么时候再拨一下,也许,该会是另一种声气了?那边,记下来还划了几个横道的号码呢?当时为什么认为它那样重要?现在不禁嘴角微弯……

到头来我没有销毁所有的纸片。我甚至认为将它们改抄在新的本本上也是多余的,因为在这些纸片上,保留着我生命中最本原的情绪与情境轨迹。

像保留 CD 盘一样地保留这些电话机旁的纸片吧,翻阅这些斑驳陆离的纸片,也便是重温人生的复杂况味啊!

鱼寿星

一条普通的小金鱼,活了十年,依然健美无恙,该称鱼寿星了吧!

十年前,我用六角钱,从垂杨柳农贸市场买下了两条小金鱼。那是上不了"谱"的品种,身体尚够不上蛋型,眼睛和头部与鲫鱼差别不大,只有尾鳍已然散开,全身除了红色没有别的色斑或"珍珠"等抢眼的特点。这种小鱼,据说是培育金鱼优良品种的过程中,因为无论从遗传和变异的角度上衡量,都不符合预期的标准,因而坚决加以淘汰的"废品",鱼场为了省事,往往把它们随着废水排放到污水管中,弃之如敝屣;当然也有个体鱼贩子会去把它们讨来或用极小的代价趸来,到农贸市场一类的地方,卖给我这种喜欢小鱼儿,却完全不懂"鱼经"的人。

我用一个小小的灌水塑料袋,将那两条小金鱼提回家中,养在了一个小鱼盆里。这鱼盆很不规范,是用一个从实验室淘汰出来的玻璃缸锯成的,很小,灌满它还用不了两升清水。这样的鱼这样的器皿,也许会被正经的养鱼迷笑掉大牙吧,但我却非常喜欢我的这一对玫瑰花瓣似的小鱼。家里其他人也都善待它们,每天早晨,个个都愿充当投饲者,用的是现成的米粒状、或红或绿的人造鱼粮;为了避免重复喂食把它们噎死,每个人投食前总是大声问:"你们喂了吗?"如别人都没喂,便得意地投入十粒,细赏它们摆尾抢食;倘发现别人已喂过,便总有点怏怏。

养了没多久,我们便搬家,从城南搬到城北,搬家时放弃了很多不必要带走及难以带走的东西。这两条小鱼我们却舍不得放弃,小心翼翼地将它们带到了新家。但在新家没过多久便发生了悲剧:两条鱼逝世一条。推敲原因,其实很简单:这鱼缸盛不了太多的水,因此溶解在水里的氧气有限,两条鱼都越长越大,需氧量越来越多,这就必得牺牲掉一条鱼,才能保全住另一条鱼。把牺牲掉的小鱼放进纸盒,埋在楼下小花园以后,我曾腹诽过犹存的那一条,认为它的竞争能力虽强,却也未免太无情了一点。可是我做了一个实验:把一面镜放到鱼缸侧面,只见那缸中小鱼没多久便努力朝镜中的鱼贴近,尾鳍摇成一把火。我便暗想,一定是它知道伴侣为己舍身,故而总祈盼着能召回她来。当然,我无从判断它们的性别。只是从此便将剩下的小金鱼当成了一个小伙子。

这小伙子竟从此好生过活,默默无言地在我书桌上伴我度过了许多岁月。敲累了电脑,我朝它一瞥,无论它摇鳍舞蹈,或是悬若秋叶,甚或是微微耸动,从肛门泄出一条黑色的粗线,都令我感受到生之乐趣,与生之艰辛。我猜想它的思维里,一定既有对生命神圣的感悟,也有将求生俗念落实到技术技巧上的探索。

十年,这三千多天里,我们常常顾不得给它喂食换水,冬日里有时供暖不足,炎夏时又会有烈阳直射鱼缸,它却都能经受。我发现它很能守拙应变。水清温适时,它抓紧运动;水浊寒沍时,它便或静若浮沤,或将嘴不断地伸出水面,有规律地吞咽空气。它始终没有生霉斑或其他疾病,而且吃食极有克制,每回无论你多喂了它几粒鱼粮,它都只吃五粒,剩下的旧粮它尽量不吃,除非你忘了按时喂它。现在它该算一位老大爷了吧!

它的生存价值,它的生命哲学,它的求生技巧,能用这样的逻辑来否定,来轰毁吗——你为什么甘于此,而不争取游入江湖河海?

有一株树

有一株树。有那样一株树。

不知名的树。不奇特。不是古木。也不是人们常常颂赞的那种树——被雷火劈了,焦了一半,另一半依旧倔强地伸展、发绿。它甚至于都没有被雷火单单选中的资格。

是人行道边的一株树。一株行道树。很平常的品种。是一株馒头柳。它的枝杈,一律向斜上方伸出,无须特别修剪,稍远处望去,树冠便有如馒头的形状。它的左边,它的右边,以及隔街相望的那些树,都跟它相似。它,它的伙伴,是春天绿得最早的树。近看不觉得,忽然有一天,乘公共汽车回家,下车偶一抬头,呀,那边街两旁的馒头柳,泛出一派如薄纱般的嫩绿!于是乎,心里似乎也茏茏葱葱的,有一派烟雾般升腾的春光。

有那样一株树。我从彼此雷同的一排树中能格外亲切地认出它来。我们有一种默契。每次走到它的近旁,我总不免停下脚步,静静地望着它,它也便默默地望着我。我们都在默想,是都在默想生活的意义吗?

我并不常常摩挲它的躯干。正如它并不常常对我摇曳它的枝条。我们都忙。但我们有一种默契。我能动,能抬脚移动,我是动物。我动着的时候思维得更活泼，更深邃。它不能移动。它是植物。但暮春时候，它扬出的柳絮，纷纷然向上飘，向左飘，向右飘，向两侧向四方飘，却绝少向下坠落，它的思维，难道会枯涩，会浅薄吗？我常常想，如果我像它一样，只作为一株最平常的行道树，不起眼地排列在彼此雷同的树列中，日复一日，年复一年，我能够心平气和吗？能够心旷神怡吗？我又常常想，如果它像我一样，混迹在彼此也颇雷同的人群中，在公共汽车中挤成一团，在办公室中从同一只热水瓶中分水喝，在会议中发言和听别人发言，它能够兴致勃勃吗？能够其乐无穷吗？

　　暴风雨袭来时，我把我的脸贴到楼窗上，透过濡湿的玻璃，我看到混成一片的长龙般的馒头柳树冠在扭动、在挣扎。我能判断出哪一处恰是它的树冠，既不特别痛苦，也不特别镇定。我知道，我知道有那样一株树，一株同我有着不可言喻的默契的树。

　　馒头柳是叶子落得最晚的树木之一。秋天，干落的叶子在风中立着旋转，仿佛无数跳着芭蕾的精灵，但另有许多枯掉的叶子依旧立在枝条上，并且保持着夏天的表情。街上所有的植物都只剩下光秃秃的枝丫了，唯有馒头柳，带着一头枯枝，迎向冬天。雪花飘下来，缀在它的枯叶上，显得格外触目。每当这种时候，我也总要在我认定的那株树前驻足。我觉得它作成了一首好诗。于是我觉得我也无妨作诗。这并不是狂妄。

　　有一天乘公共汽车回来，一下车，心便被无形的铁钳夹紧。望过去，那边人行道上，有一株树被撞断了，倒伏于地，是一场车祸的后果。急忙奔了过去。不是。不是它。是另一株。心仍然在痛。但也升腾起一种莫名状的命运感。并不是它。因此构不成一个完全的悲剧。我站在它的面前，背后不远是那株被撞断的树。它站在我的面前，我挡住了那株被撞断的树。我们都自私，不是吗？我们意识到这一点以后,都脸红了。

　　几天后,那株被撞断的树被移走了,根须也被掘出。又过了几天,那里栽上了一株新树。它比前后的树都细,因而它具有了一种特色,因而不可以说那一排行道树都彼此雷同了。它的枝杈似乎更其光润,它的细叶也似乎更其鲜碧。但我仍然最爱我以往无形中选中的那株树。

我的绿宝石

熏风吹进我的书房,挟来大田上淡淡的粪肥气息。选择京郊温榆河畔一处农村,设置我晚年的书房,意在躲避热闹,特别是虚热闹。在静静的乡野怀抱里,心灵时时浸润在清凉的憬悟中。

村旁有个苗圃,暖房由土坯砌成,钻进去,一股浓烈的沃土气味,里面的花木长得出奇的旺盛,跟城里那些豪华的花卉市场里的景象很不一样,有种简陋而自足的特殊韵味。我从那苗圃请回了一大盆观叶植物,是蔓生类的喜林芋,已被培养成了高耸的图腾柱,三十来片盾形的硕大叶片从中央攀附在柱体上的粗壮藤蔓朝四面八方怒放,妻来书房看我时,笑指着说:"你怎么总喜欢这种张牙舞爪的事物啊!"

张牙舞爪,却并不妨碍他人,应该正名为个性张扬。是的,我喜欢。这种喜林芋,最流行的品种是叶片有紫红色光泽,嫩叶叶鞘呈玫瑰色的,俗称红宝石。我请回的却是叶片浓绿,嫩叶鹅黄的,俗称绿宝石。在除了一墙图书、一台电脑、一套音响、一张床而外,就是一大盆绿宝石的书房里,听着比如说拉赫马尼诺夫第二钢琴协奏曲,把手中的《红楼梦》暂且搁下,凝望着那绿宝石的雄姿,想想往昔无悔与有悔的诸事,实在是宝贵的生命时段。

那天,我从城里绿叶居回到村里绿叶居(它又名为温榆斋),发现绿宝石上端藤蔓上,从叶腋生长出了两个形态优美的佛焰苞,啊,难道这种观叶植物也会以花娱人吗?正好一位友人来电话,我便把这当作一桩喜事报告给他,没想到他说:"哎呀,那恐怕是不祥之兆吧,就像竹子要开花一样……"放下电话,我赶忙查书,一本专门介绍观叶植物的书上明确写着:"喜林芋一般不开花,如开花说明植株快死了。花由佛焰苞及白色的肉穗花序组成。"我去细看那绿宝石顶端的花,其中一朵已经微张,里面果然露出白色的肉穗。

我的绿宝石,它的生命经历过了青春与高潮,现在正急速地往谷底滑去。想想自己,青春已逝,事业高潮已远,年至花甲,精力大不如前。真是卿需怜我我怜卿,我觉得,应该为绿宝石格外地奉献些什么。虽然它已到了生命的尽头,我还是应该像青春少年那样对待它!我精心地为它修剪,恰到好处地给它浇灌,本来打算以莫扎特的《安魂曲》为背景音乐给它拍照,后来却有意放送了《乡村骑士》间奏曲,在充满青春幻想的乐音里,我和绿宝石对望了很久。

又回城一周,又来到温榆斋,开门锁时,心情紧张,不知蓦地会看见怎样的一盆绿宝石。门开了,我愣住了。绿宝石不仅没有死,它的叶片朝四面八方更狂放地舒张,顶部则蹿出了三簇利剑般尚待展开的鹅黄嫩叶。花呢?仔细观望,呀,那两朵佛焰苞花头萎落在地板上,已经乌焦,拾起来察看,原来那朵已经微张的花苞又闭得紧紧的,把外皮剥开,里面的肉穗花序没有长足,而且软烂如泥。这不是童话,这是真事,我的绿宝石,它战胜了死亡的威胁,延续了自己的生命,并且仍然活泼地创造着新的局面。

早有医生指出,也有患者现身说法——有时候乐观的情绪比药物更能化解癌细胞;衰老虽是一种自然规律,但保持旺盛的生存欲望,使自己心理永葆朝气,就会获得二度青春;如果本是年轻的生命,那就更应该懂得:最低潮也就是最高潮的开始,万不可任由"谢幕之花"滋生心头,一旦冒了出来,要当机立断地将其甩掉……我的绿宝石,你是在默默地宣叙这些真谛吗?是呀,特别针对我,你在提醒:怎么能把"老了"的意念酿成一片酸涩的乌云,任它遮蔽自己的心灵呢?啊,绿宝石,感谢你!这回,咱俩要一起聆听《春之声》。

漫话阶梯

最早的阶梯，完全是连接两个以上、不同平面的功能性设施。随着人类文明的发展，阶梯逐渐具有了心理属性，也就是说，人们建造阶梯，不仅是因为必须方便于从一个平面通达另一个平面，而且，也是为了利用阶梯，达到一种心理满足。

比如，北京紫禁城中轴线上的三大殿。本来，那地面是平的，可以平地起殿堂，为了体现出天子的威严，就故意先平地起基座，再在五米高的基座上建造大殿，而分为几层的基座，再以阶梯连接，阶梯中段专供皇帝行走的部分，称为"御道"，再用最优质的汉白玉石，雕出祥云飞龙的图案。过去，都称皇帝为"陛下"。"陛"是皇宫阶梯的专称。明明皇帝高高在上，臣民在他殿堂的阶梯下，还得匍匐着向他跪拜，似乎称他"陛上"才对，但皇帝至少在口吻上喜欢贬低自己，比如自称"寡人"。皇帝喜欢人们称他为"陛下"而拒绝"陛上"之类的谀词，这份虚伪很有意思。

中国古典建筑，不仅是皇宫，像祭坛、寺院、道观、王府等建筑群中的主体建筑，都一定要平地垒起高基座，建造有气派的阶梯，体现出对神佛、贵人的尊敬。现在，仍存在的河南开封龙亭，是将这种心理需求达于极致的一个典型例子。

这是一座清朝建筑。清朝，开封早已失去宋朝都城的威严。它必须向皇帝所在的北京表达出万分诚恳的臣服。所谓"龙亭"，并非龙王庙建筑。它是在平地拔起的十三米高台上盖出一座殿堂，里面供奉着称颂"真龙天子"即"皇帝万岁"的牌位，专用于在彼处由钦差大臣宣谕"圣旨"。殿堂即"龙亭"前面的台阶分三层共七十二级，而且故意建造得相当陡峭。无论是接近现场，还是观看其照片，那夸张的阶梯造型，都会给人强烈的视觉刺激。

近代社会建筑中的阶梯，仍可起到主导人的心理意识的作用。由吕彦直设计的完成于一九二九年的南京中山陵，由陵下平地到达陵寝主体的坡地，落差为七十三米，设置了八个过渡性平台，一共有三百九十二级台阶（当时中国人口为三点九二亿）。谒陵者在头几个平台的阔台阶上往上行走时，他所望见的只是天宇，要随着一步步地攀登，踏过相当多的阶梯后，那顶部的蓝瓦祭堂才会慢慢地浮现在眼前。这就是建筑师利用长距离、缓爬升的阶梯，来调整谒陵者心理，使其能够"默默想音容"，将崇敬与缅怀的情绪达于浓酽。

一九五九年建成的人民大会堂，有意将其基座与紫禁城内的三大殿取齐，但阶梯的设计，则采取了广阔通透的方式，尤其是东门阶梯的设计，很有大国气派，可以容许成百上千的人同时拾级而上，确有"让人民当家作主"的韵味。一九九五年，莫斯科为纪念卫国战争胜利五十周年，建造了一座胜利广场，用若干大平台来达到提升主建筑的目的，其间阶梯，故意设计得"不起眼"，这也是一种巧妙手法，表达出苦尽甘来的欣慰与舒展。

城市公众共享空间的阶梯设置，一定要突破狭隘的功能需求，应该营造出奇趣妙境，使公众不仅获得实用的方便，更能消费心情，达到快乐。最成功的一个例子是意大利罗马的西班牙广场。说是广场，其实那空间最出彩的并非平面旷地，而是一七二三年由德·桑蒂斯和斯佩基设计的那一组面对"破船喷泉"的扇形阶梯,它不仅是"视觉冰激凌",还可以当作舞台承载多种形式的表演。已有太多电影利用它作为背景,去表现不同时代不同人物的命运,那一组台阶,实际上已是人们熟悉的、具有生命的存在。

虽然如今中高层建筑都普遍设置了垂直升降的电梯,但室内阶梯,仍不可或缺。北京王府井大街的华侨大厦,大堂南侧那一架弯转落地的宽大阶梯,十分堂皇,风姿高雅,是"以梯吟唱"的代表作。民居里的阶梯,现在花样很多,法式的旋转楼梯似乎相当流行,但照搬这种节约空间而且具有浪漫气息的楼梯时,一定要考虑到是在为什么样的居住者提供。倘若是为"上有老、下有小"的家庭设计别墅,则这种沟通楼上楼下的梯子,对于老小都具有安全隐患,需格外慎重。

阶梯并非简单事物,在当下生活中,除了其实用性,"阶趣"应该是设计者考虑的重点,特别是涉及公众共享空间时。

神秘的恭王府

7月20日　星期三

京都犹如一只硕大的玉盘。许许多多的名胜古迹,散布于各处,真可谓"大珠小珠落玉盘"。"大珠",如天安门广场、故宫、天坛、北海……璀璨夺目,不必多说;可是京都的"小珠",这是许多人所未必清楚的,一般的旅游团,其日程上也不做安排;其实,要真正入骨探髓地感受京都的文化积淀,到这些个"小珠"即"小风景"去徜徉一番,是非常必要的,也是赏心怡性的。

凡外面来的朋友,我总是尽量给他们介绍北京的"小珠"。

今天下午,我去皇冠假日饭店,与刘国瑞先生小聚。刘先生是台湾《联合报》的副社长、联经出版社社长。我们第一次晤面,是一九九一年,那回他带领一个很大的台湾出版界代表团,来广州举办台湾书展,同时还有《联合报》副刊的编辑,他们约请了若干大陆作家,在书展期间相见。第二次是今年一月份在台湾,我应邀参加《中国时报》人间副刊举办的"从四十年代到九十年代——两岸三边华文小说研讨会"期间。

头天家里人接到国瑞先生电话找我,唤我接电话时,说是"大概是个安徽人找你",确实,国瑞先生的"国语"里,带有浓厚的安徽音。

到得皇冠假日饭店,见到国瑞先生,才知道他是和他太太来大陆私人度假。刘太看上去比他年轻许多。他们说已游览过若干北京著名的名胜古迹,我便问他们去没去过北京的一些"小风景",如恭王府花园、五塔寺、智化寺等等,他们竟茫然不知。

于是我便建议他们去恭王府花园一游。我领他们坐上出租车,只用了一刻钟左右便到了位于柳荫街的恭王府花园。

他们大吃一惊。

国瑞先生说,看了这里,台湾所有的花园都"无足观"了!

刘太直后悔,出门时没带上照相机,其实也不全是忘带,多半心里头原以为"小风景"嘛,留不留影都无所谓。

恭王府花园确实值得细细品味。

花园的正门,是中西合璧的风格。恭王奕䜣,是清末最早与西方文化碰撞的中国人之一,他内心里对西方文化的容纳度,究竟如何,有待考究。但整个恭王府花园,应当说基本上还是中国文化的结晶。有人说这座花园在乾隆时期已经存在,曹雪芹彼时很可能涉足过,《红楼梦》中大观园的构思描写,很带有这座花园的痕迹,我以为此说甚有道理。

一进花园正门,便有一座巨石赫然障目,这便是"独乐峰"。此"峰"两厢都是土山,"山"上小径曲折,怪石嶙峋,藤木蓊翳,循此"山"可迤迤逦逦绕园一周。我引国瑞伉俪往东登临了一小段,把一块长条石上的刻字指给他们看:"易曰:介于石,不终日,贞吉。"彼此不禁相对一笑。这是当年奕䜣对自己夹在"后党"与"帝党"之间,并且也夹在"中"与"外"之间,应付之苦与居然还"玩得转"的复杂心态的写照。

"山"西则有一段砌成"长城"的模样,有城门洞,进园时也可从此长驱直入,门洞上题曰"榆关"。我对国瑞先生说,这大概体现出了园主"不忘本"的意识——他们的祖先,毕竟是打破了山海关,才到中原来建立了王业的,所以,有时候园主会从这里雄赳赳地跨"关"入园,也算是重温灿梦。

园中有多处水域,园西的水池最大,池中有颇大的水阁,而所有水域,又由小渠连通,《红楼梦》中的大观园,也是如此——当然更大、更美。

园中的大小建筑群,全由长廊、抄手游廊、穿山游廊、上山坡廊等回环连缀。最东面的建筑群由几个院落重叠构成,或垂花门里绿竹成丛,或月洞门内芭蕉抽叶,或廊前盆莲怒放,或檐下紫薇盛开……我们穿行其中,国瑞先生感叹不已,我对他说:"倘若没有鸦片战争、甲午海战……由着这种文化自足地发展,今天中国的人文景观,又该如何呢?"

那是难以想象的。

我们一起进入了大戏台,这是一个室内的大戏台,复原为了当年的模样。所有的木柱、檐板、顶棚,全手绘着古藤绿叶紫花的图样……据我所知,这是目前北京仅存的一个复原保护起来的贵族室内大戏台。我对刘氏伉俪说:"也许,这种《红楼梦》里所描写过的文化,是过分的灿烂,特别是过分的精致了,已达于'烂熟'的程度,所以,终于走到了其尽头……现在我们只能在北京的这种很特殊的地方,才能一睹其光华了,它已成为一种'文物',也就是'化石文化'了!现在你走在北京的大街上,扑进你眼里的,很可能都是些西式的高楼,还有麦当劳、肯德基快餐店,鳄鱼、苹果专营店,等等西方商业文化的符号……唉,一部中国的近代史,该怎么说呢?"

当我们在相当于《红楼梦》中的"凸晶馆"前的平台上,坐在石桌边的石礅上歇息时,国瑞先生也不禁感慨系之地说:"台湾还不是一样!到处是西方文化,特别是美国文化的斑斑痕迹!"他又说,他前些时在台湾电视中看了这边拍的电视连续剧《北洋水师》，竟浮想联翩起来……刘太一旁笑说："他原来是几乎不看任何肥皂剧的，这回真是个例外！"国瑞先生告诉我，他是安徽庐江人，指挥甲午海战的丁汝昌正是他们家乡所出的名人之一，且从祖上论，丁、刘两家还有姻亲关系；他说这部电视剧对丁汝昌以理解和肯定为基调，令他很能认同；甲午一役，淮军从此垮掉，中国从此窝囊到底，实令人百年后仍扼腕气结……

我们离开恭王府花园时，不知他两人如何，我心中竟颇恋恋不舍。

我虽定居北京，说实话，如无一定的机缘，也是很难真抬起脚往这座花园里迈的。

这是座神秘的花园。

在观月平台下面由太湖石砌成的山洞中，石壁上镶着一个福字碑，上面镌刻着康熙的玉玺印记，这是一桩非常奇怪的事，无论是伪造康熙御笔、错把伪造品奉为真品，都是死罪，而倘若那是真的御笔，又怎么能不置于大堂正室，或至少置于园中最显要的地位上，却胆大妄为地将其安放在一个阴暗的山洞里？这不也是死罪吗？为什么以谨慎著称的奕䜣对此却安之若素，不以为悖逆？又为什么无人告发？为什么竟听由那康熙御笔福字碑就那样一直地留在了那个古怪的位置，直到今天？

忽然又忆起，一九九二年冬，在瑞典斯德哥尔摩的郊区，盖玛雅家中——盖玛雅是一位汉学家——她丈夫是一位建筑学家，因而他们的藏书里有很大一部分是有关建筑艺术的书籍，我从他们的书架上，取下一本足有五寸厚的大书来，随意翻看着，那大概是一位德国人写的关于中国古代园林的书，在那本书里，我惊喜地发现，有一章是专门讲恭王府花园的。写书人考察这花园时，大约已在二十世纪二十年代，花园已废，水池枯涸，荆榛遍地，屋宇的瓦隙中部长出了小树，但从书上他拍出的照片看，这座花园依然充满了难喻的魅力……

　　一座花园的兴废，浓缩着许许多多的况味，不仅是历史、时代什么的。

　　一座花园的神秘性，昭示着我们许多的憬悟，也不仅是关于命运、气数什么的。

　　而类似恭王府花园这样的"小珠"，在京都中还留存着若干。除了上面提到的五塔寺、智化寺，还有比如法源寺、大钟寺、妙应寺白塔、天宁寺塔、钟鼓楼、德胜门箭楼、东便门城楼、建国门古观象台、汇通祠、文天祥祠、银锭桥等等，等等，它们是古都风情中不可或缺的构成因子，唯其有它们的依然存在，才显示出这个从历史的长巷中走出的大都会，有着不见衰落的文化韧性与多元整合的广阔前景。

　　对古都这玉盘中"大珠"的保护揄扬，已成为人们的共识，但若干"小珠"却不仅被轻视冷落，还面临着被拆除，以及粗暴地改造为"现代化娱乐场所"的威胁，这就必须大声呼吁：手下留情！对这泱泱古都的文化风情的维护欣赏，不仅应体现在对"大珠"上，也应落实在"小珠"上，尤其是已对"大珠"有所了解的人们，且将"小珠"细品味，便应设为"必修课"了！

挪威森林猫

小时候搭积木,我不喜欢往高处搭而喜欢往宽处摆,一边摆一边想象着童话中的王国,结果往往是一直摆到正在对谈的大人们脚下……这显现出我偏爱温柔不追求雄奇的天性。去冬到了挪威首都奥斯陆,我惊讶地发现,幼时所向往的那样一种境界,竟活生生地展现于眼前。奥斯陆是一个没有什么高层建筑的平面展开的城市,在洁净的仿佛彩色积木搭置成的一栋栋各具特色的矮楼之间,有着大片的绿地,而街道一直伸进静谧的港湾,城背后有轮廓舒缓的山脉,山上积雪中造型独特的跳台引人注目;徜徉在奥斯陆城的街巷,真觉得到了童话中的王国。

但说是童话中的王国,究竟还并不那么准确。后来我又去了丹麦的哥本哈根,面对着尖拱顶和圆碉楼构成的天际轮廓线,特别是湖中的白天鹅和海滨的美人鱼铜像,我得说哥本哈根更富于童话的意味。挪威奥斯陆的氛围,严格地说,更接近于民间故事的情调。

挪威的民间故事,传统悠长积累丰富,那些民间故事里经常出现猫的形象,在书店和杂货铺售卖明信片的旋转架上,常可以看到画的猫或真猫的照片,有时那画面更体现为民间故事中的一景。我因为爱猫,所以凡有猫的明信片或贺年卡都注意浏览,结果我发现那上面的猫往往都是一种短毛的花斑猫，其中又以并非全然花斑，而是鼻梁、嘴颊、脖颈、腹肚、四蹄为白色，其余部分相当对称地呈麻灰深色斑纹。我在北京的家中正养着一只，常被某些客人认为不值钱的"草猫"乃至"菜猫"，没想到却在遥远的挪威成了大明星。

有一个著名的挪威民间故事，叫作"一只非常贪吃的斑猫"，这只猫不停歇地吃掉了男主人、老妇人、母牛、砍树人、黄鼠狼、松鼠、狐狸、野兔、灰腿子、小熊、母熊、熊先生、一整队婚礼行列、一整队送葬的人，乃至于天上的月亮和太阳……虽然这个故事的末尾讲到公山羊把斑猫的肚子顶炸了，它所吃掉的一切都安然无恙地恢复原状，却并没有多少谴责这只斑猫的意思，那讲述的语气间，更多地体现为有趣乃至欣赏。一位挪威朋友告诉我，那种斑猫的学名叫作挪威森林猫，至今仍是该国人们所豢养的宠物猫中最主要也是最被钟爱的品种，华贵的波斯猫在他们那里倒并不怎么时兴。

在北欧几国人中，挪威原是比较穷也比较闭塞的，但近二十多年由于北海中石油的开采，挪威经济有了一个不小的飞跃，其富裕的程度已与瑞典、丹麦不相上下，有些方面甚或还略胜一筹。但我在奥斯陆访问的观感，却觉得挪威人并没有显现出一种暴发户的炫耀意识，相反还处处让你感到有一种淳厚的古风。

在瑞典和丹麦，起码在穿着打扮上，我觉得太受法国和美国的影响，本民族的特色已存下不多。但在挪威就不一样，比如有一种毛线衣，领口处有色泽鲜艳的花边，半敞或全敞的衣襟上有锡制的造型优美的钩扣，那是挪威民间世代相传下来的一种民族样式，穿上它你就觉得同挪威那些源远流长的民间故事很贴近，很适宜于怀中抱一只"贪吃的斑猫"，并且到那如今仍保持得非常好的森林和溪谷中去，在湍急的瀑布下面唱《保尔的母鸡》那样古老的民谣……那样的毛衣在奥斯陆仍很流行，不分男女都可以穿，我也买了一件穿在身上，挪威人见了就都给我一个憨厚的微笑。

现代化的生活意味着什么？这个问题并不那么容易回答。我在奥斯陆一些知识分子的家里竟没有找到电视机，在一些有孩童的家里也竟没有找到电子琴或电子游戏机。但是我却亲眼看到、听到一个知识分子的家里父母子女在用钢琴、小提琴、中提琴和大提琴演奏莫扎特的室内乐，他们又都并非专业的音乐家，并且也在孩童独占的居室中看到一双稚嫩的手正在用彩纸拼贴民间故事里讲到的"金鸟"。在奥斯陆皇家剧院侧墙观看该剧院近期公演剧目的剧照时，我也不免有点吃惊，因为仍然在上演易卜生的《娜拉》，并且那布景和服装十分的古典，似乎并不刻意于"戏剧语言的颠覆"……

当然，奥斯陆也还是有一栋鹤立鸡群的玻璃幕墙的大厦（那是一家豪华饭店），有摇滚乐，有麦当劳快餐店，有正在上映的好莱坞新片《魔鬼终结者》第二集，有人工反复选种和定向培育出的银猫和沙皮狗，但给人印象最深的，却还是保持着纯朴原生态的挪威森林猫。

原来挪威森林猫早就辗转传入了中国。当我回到北京抱着自家的"草猫"，摩挲着它那一身紧毛时，心中不禁回味着奥斯陆那独有的情调，我仿佛在格里格的乐声中嗅到了挪威森林的气息……

斯德哥尔摩长笛

宁静,首先意味着耳根的一种解脱感。

这真奇怪,进入圣诞节期,斯德哥尔摩商业中心,NK 百货公司一带,人流似过江之鲫,还有人在步行街那松枝和红心连缀成的装饰链下吹奏乐曲,然而却仿佛置身在调小了音量的彩电荧屏中,毫无嘈杂之感。每一个瑞典人的欢声笑语都本能地控制在身旁的伴侣刚可听闻的程度,才能营造出这样的境界。他们是怎样练就的?

宁静,也体现为眼睛所感受到的一种画境。记得曾在纽约时代广场散步;有意用沃克曼听轻淡舒缓的乐曲,但那些闪烁不已的灯光广告冲击着眼膜,心里依旧闹腾。由海湾中许多大大小小岛屿用长桥短堤联缀而成的斯德哥尔摩,大体上全由五六层高的古典建筑构成,天际轮廓线柔曼而轻盈,这里、那里,耸起些哥特式的教堂尖顶,秀美空灵,全然没有摩天大楼、玻璃幕墙建筑所传递出的那种咄咄逼人的气势;海湾中泊着些古典式的多桅帆船,虽是初冬,却并不严寒,天鹅仍三三五五地在海湾中游弋,鸥鸟和鸽子有时就站到岸边国王铜雕的头顶上敛翅休憩。下午三点半,天就黑了,虽然电力充沛,但人们仍乐于点燃蜡烛,在摇曳的烛焰中享受一种世代相传的安谧与温馨。在古城岛那些狭窄的至今仍保持鹅卵石镶地的小街中,路灯仍旧是几个世纪以前的那种尖顶玻璃盒的形状。朋友带我走进一家饭馆,随着开门,门上的小铃发出悦耳的柔响,服务员迎上前来领座,地下室里的餐厅保持着粗犷的砖砌拱墙的原始面貌,但墙上却又挂着古典油画,饰以红铜器皿,并点缀着鹅掌形绿叶带红浆果的圣诞圆环,原木的餐桌上是枝形烛台和插着郁金香的陶瓶……瑞典的"吃文化"确实不能与我们相比,价格昂贵的煮鱼淡而无味,但那一份如幽香缕缕沁人肌肤的宁静,却惹人留恋。

我去瑞典前不久,报上正登一条消息:瑞典辞却了一桩卖给台湾战斗机的大生意。到了斯德哥尔摩,一位华侨陪我逛街时指点着说:"你看这些橱窗堂皇雅致的商店,里面常常连一个顾客也没有,时下整个西方世界经济都陷于萧条,瑞典亦不例外,如果做成卖台战斗机的生意,不仅陡得一笔大款,还可保证二〇〇〇年前全瑞典的充分就业,但瑞典大多数国民习惯在世界上保持中立的状态,认为中国海峡两岸的对峙他们不应卷入,所以生意再大也可放弃,政府尊重民意,所以成此结果。"这位华侨朋友是否过分美化了此事的底蕴?我没有可能进行调查。但应邀去了一个又一个瑞典人的家庭做客,我确实感觉到他们大体上都有一种共同的心境,就是他们是偏居地球一隅的小国的人,他们没有"中心感",不认为自己对全世界有着多么大的发言权,更不认为自己对全人类负有多么伟大的使命,既不焦心于"解救全世界几分之几仍在水深火热中的人",也不企求成为一座什么什么主义的"灯塔"或"明灯",他们当然也关心整个世界和全人类,但心平气和,恬淡自然,跟他们相处,你会无形中受到一种感染,同时领悟出:宁静,其实更是一种心理素质,一种民族性格,一种精神境界。

周末,华灯如珠,在 H. M. 百货连锁店里,顾客相当不少,耳膜却绝对舒适。忽听有人大声招呼,有人大声应对,抬眼望去,显然是我的同胞兄弟,大概是头一回来瑞典出差,满脸兴奋,满眼喜悦。店里不少人都不禁闻声侧目,我亦很觉刺耳,但一细想这些同胞所发出的音响,在任何一个中国城镇都属正常中的最正常者,他们在这里是外宾,入乡随俗谈何容易,无足怪亦无可责。很快瑞典人也就不再看他们,我亦安之若素。我何尝不是一个喧嚣中的来客,并且很快也就要回到沸沸扬扬的火热的往日生活中去。

又一次徜徉于斯德哥尔摩的商业步行街,一个衣履整洁、眉宇温敦的瘦长男子,站在一家商店的雕檐下吹奏着长笛,长笛声缭绕的街区倒比没有乐音的地方更显出一种形容不透的宁静感。

我爱宁静,但我不敢轻言爱斯德哥尔摩。我想到一九九二年十二月七日在瑞典学院的大水晶吊灯下聆听诺贝尔文学奖得主沃尔柯特受奖演说的情景,当时他说:"游人不可轻率地说爱,因为爱意味着留下。"是的,绝大多数游人或者并不真正愿意永远留下,或者是不可能被允许留下的,轻率地说爱,到头来会显得虚伪,或陷于失恋的痛苦。

所以我要说:我爱宁静,宁静感既然注入了我的心,便将随我而在,所以我不说爱斯德哥尔摩而说我喜欢斯德哥尔摩。斯德哥尔摩街头的长笛声,丝丝缕缕萦回在我的心际,使我永沐宁静的细雨。

圣马力诺钟声

教堂钟声响了。这是欧洲大地上惯常的声波。夕阳中的袖珍小国圣马力诺，几处教堂的钟声交错和鸣，听来却别有意趣。

圣马力诺整个国家在一座约海拔七百米高的山上。记得在登上这个国家的途中，用英语向一位坐在自家单栋小楼朝街的回廊上浇花的妇女，打听瓦洛尼宫还有多远，她说，啊，那在首都里面哩！原来，这个面积只有六十一平方公里的小国，山上西坡那部分包括三座城堡的区域，叫圣马力诺城，是其首都，尽管我问路时已经可以望见进入首都的圣方济各门，那位妇女却还是觉得自己是城外郊区的居民，这样的空间感，令我这从辽阔的中国宏大的北京来的游客深感惊讶有趣。

整座圣马力诺城是一件完整的文物，是令旅游者目眩神迷的胜地。我向往已久的瓦洛尼宫，是国家博物馆与图书馆所在，里面收藏的文物丰富多彩，特别是那一百多幅公开展出的文艺复兴时期的油画精品，视觉上具有强烈的冲击力，能引发出观赏者丰沛的联想。

世界上有些名胜古迹开发旅游业以后，会产生出一些新盖的旅店、餐馆和纪念品售卖店，这些新建筑往往在风格上与原有的古迹相龃龉，而且体量过大，喧宾夺主，实际上形成景观污染，我们国家一些地方就凸显着这样的问题,"无烟工业"虽然无烟,却让人满眼"工业"而看不清原汁原味的景物。圣马力诺在这一点上处理得非常之好。它不在旧城里增加任何新的建筑。旅店、餐馆和商店的功能都由原有的古屋承担,房屋的外表一律保持原貌,里面也只是顾及到今天旅客的需求而适当加以改造,绝不让人产生古人戴手表穿牛仔裤之类的感觉。比如有一家卖当地著名的果子酒的商店,门脸完全是一百年前的样子,橱窗里除了用遮蔽的电灯光把陈列的各种形态、颜色的酒瓶照得轮廓分明、鲜艳夺目外,绝不露出任何"现代化"痕迹,十足地古色古香。沿着古堡甬路的一系列旅游纪念品售卖亭,虽然是新造的东西,在形态、色泽和细部装饰风格上,显然有很细致的把关,绝不让其起碍眼破相的消极作用。

教堂钟声响起来时,对我而言,引发出的不是宗教的情怀,而是悠远的历史沧桑感。到名胜古迹地游览,不仅应该有眼的享受,也应该有耳的享受。由于游客多的时候,会有游客发出的各种声音的混合污染,使我感到不舒服,我总是尽量避免在游客的高峰期,去游我心仪的景点。我特别害怕在景点遇到管理部门额外地添加的一些"奉送音",比如在寺院里有电声喇叭播出的唱经声,在园林里有隐蔽的音响播出的古琴曲什么的,播音者是出于好意,却不知这纯属于画蛇添足之举。欧洲的各旅游地绝少出现这样的声音安排。进入教堂,有时会听到管风琴或唱诗班的乐音,但那确实是在举行仪式,让人觉得自然而优美。

圣马力诺城虽然很小,街区间却一连有好几个广场,每个广场大体上都以一座教堂为主体建筑。我穿过蒂塔诺广场,来到自由广场,又弯到加里波第广场,最后经过望楼广场。钟声在这些广场里回响时,耳膜有种被抓挠的感觉。踱出方济各门,迈出这个小小首都,眼前豁然开朗,背后的钟声变得悠扬动听,越过头顶上空,朝山下广袤的意大利田野弥散,这时就觉得一颗心仿佛被天鹅绒包裹了起来,思绪也随之温柔而绮丽。

　　慢步朝山下走去,琢磨城里那一连串布置着圆雕的广场。欧洲城市很早就重视在街道衔接处设置广场,使市民除了在通道上运行外,还有一个漫步、休憩的公众共享空间。广场的功能很多,像奥地利萨尔茨堡古罗马风格的大主教教堂前宽阔的大广场,就经常用来作为露天剧场,演出古典歌剧。圣马力诺城的连环广场,是他们历史悠久的双执政官体制下的市民民主生活的必备空间,也是他们国家持续安定康乐的生动象征。在清越的钟声里,我告别了这著名的欧洲小国。

比萨三姊

关于意大利比萨斜塔的游记不说是汗牛充栋,也可谓屡见不鲜,我去比萨前就读过不少,但游完回来细想,觉得也还有自己独特的感受可说。

比萨斜塔不是一个孤立的存在,它是十四世纪建成的比萨大教堂建筑群的一个组成部分。现在开辟为旅游景点的大教堂,从北门迎客,进去以后,西侧是大片绿地簇拥的灰白淡粉色的教堂建筑群,东侧是排成一竖溜的售卖旅游纪念品的摊档,游客们进去后,大都直奔最南边的斜塔,在那里观望、拍照,获得"我终于看见斜塔啦"的心理满足后,一般就转身去那一长溜的摊档上选购纪念品,而有斜塔形象的也就成为首选;然后呢,也就出门离去。其实,比萨大教堂由三座相连续的精美建筑组成,先是有椭圆形大穹顶的宏伟礼拜堂,圆形楼体四层的装饰手段各不相同,但韵味贯通,给人丰腴活泼的感觉;紧接着是立面有哥特式三角形山花与尖形装饰的洗礼堂,这是一座长形建筑,其后也有一个罗马式穹顶,并有翅状后楼,显得雍容端庄;在整个建筑群中轴线偏东南,以不对称方式建成的,才是体量要弱小得多的、病病歪歪的钟楼——也就是著名的斜塔。

由于比萨教堂的三座建筑均使用了银灰与淡玫瑰色的石材,墙面细部又都采用了层叠的半圆形列卷装饰,整体风格不属阳刚而偏阴柔,我觉得把她们比作三位丽姝,不算离谱。而且,我不由得联想到《红楼梦》里的三钗:斜塔好比林黛玉,洗礼堂恰似薛宝钗,而礼拜堂本身则仿佛史湘云。

欣赏斜塔,跟欣赏林妹妹一样,是被其病态美所吸引。林妹妹的病根是胎里带来的,斜塔是刚动工建到第三层即开始倾斜。曹雪芹描写林妹妹的面容是"罥烟眉""含露目",就是她那眉毛仿佛被烟云笼罩,眼睛总湿润润的,总之跟健康的女性不大一样。适度的病态能引出包括爱怜情绪在内的审美情绪,这是中外古今皆有的现象。古希腊雕塑维纳斯,那断臂的形象竟使现代人乐于用"完美"来形容观赏的感受;中国的金鱼,实际上是通过一代代地对病鱼定向"选怪"繁殖,才形成大水泡般眼睛的龙睛鱼和满身疣粒的珍珠鱼,令观赏者发出惊叹的。本来旅游者心理上就有搜奇赏怪的追求,加上对斜塔的广泛而持久的宣传,到了比萨直奔斜塔,看完斜塔转身离去,这样的旅游方式也就不必奇怪了。但我以为,好不容易去了趟意大利比萨,如果回家后只记得那座斜塔,而对相连属的礼拜堂和洗礼堂了无印象,那是很遗憾的。好比读《红楼梦》,林黛玉抱病体而个性张扬固然值得欣赏,薛宝钗的健康丰满和复杂性格,史湘云的活泼灵动一派天籁,也都能给我们带来审美愉悦啊!

我游比萨大教堂时,对照从有关资讯上有所了解的"斜塔姑娘",自然有按图索骥的浓厚兴趣。知悉它有八层,高近五十五米,各层均有精巧圆柱构成的拱形卷门,加起来是二百一十三个;我去那天不允许登塔,但我连它里面的螺旋梯共有二百九十四级也都烂熟于胸;给它纠偏的方法使用了好几招,最明显的是那些一目了然的钢缆斜拉索;听说前些时有关部门宣布纠偏措施已获奇效,数百年内无虞其倒塌了,因此已重新允许游客登临,只是每次限定人数而已。老实说,对这斜塔我倒并不怎么迷恋，倒是对参观那另外两姝——礼拜堂与洗礼堂兴味盎然。礼拜堂的风格从建筑史角度应划归巴西利卡式，有大圆穹顶，但它那巨大的椭圆穹顶不是浑然收束，而是在中心又向上鼓耸为覆盅状，这就将其轮廓线从杨玉环般的肥艳化解为赵飞燕般的亭亭玉立，设计上的精妙实在令人一观三叹。洗礼堂立面的双重哥特式三角造型，以众多的柯林斯式廊柱把敦实化解为活泼，手法也实在高妙，不能不对之称奇；从侧面欣赏，则仿佛一阕交响乐，高低起伏，丰富和谐。有机会去比萨的人士，我竭诚建议：不要眼中只有那病态的"斜塔姑娘"，那健康的礼拜堂与洗礼堂二位姝丽，也该细细加以欣赏品评啊！

普希金决斗处

他乡遇故知,人生大快事。红学家梁归智在圣·彼得堡大学任客座教授,我在涅瓦大街一家咖啡馆里,听他在手机里跟我说:"已经坐上地铁,正往你那儿去。"心头热烘烘的。

可是左等右等不见梁教授身影,不由再打电话,他报告:"列车停在前三站,广播让乘客都下车,等候新消息。"看来俄罗斯的反恐工作也是非常细密的。咖啡喝完,又点了冰激凌,以逸待劳。梁教授终于进入咖啡馆时,差不多已经是二十三点了。他说在地铁站里,乘客们都安静地等候通车广播,后来终于告诉大家情况排除,才又各奔目的地。他说,本来是想到后马上带我去一个地方——那是一般导游都未必清楚,一般游客都未必想去的地方,他估计我一定感兴趣,而且那地方离他宿舍不远,他要带我去。那是什么景点呢?——普希金决斗处。

在中国文豪曹雪芹去世三十五六年后,俄罗斯诞生了其文学之父——普希金。无论在圣·彼得堡还是莫斯科,以及俄罗斯其他许多地方,普希金的遗迹,他的雕像,以他名字命名的博物馆、文化机构、学校、街道……数也数不清。我告诉梁教授,圣·彼得堡郊外普希金上过中学的皇村,莫斯科老阿尔巴特大街的普希金伉俪雕像……我都已经细赏,他就说,据他所知,普希金和妻子冈察洛娃牵手的雕像很少,我看到的可能是独一无二的,但普希金之所以决斗,并中枪不治身亡,一般史家论者都认为与冈察洛娃的轻浮有关。夫妻中如果丈夫成了伟人,那么妻子要么会被夸为贤内助,要么就被说成红颜祸水。其实伟人也是复杂人性的聚合物,伟人之妻就更可能是非贤非祸或既贤既祸的一种自在生命,不必去贴简单化的标签。

梁教授第二天就要利用暑假去外地旅游,不能陪我去看那地方了。但有了他的推荐,隔一天傍晚,我和几位年轻的朋友,终于在俄罗斯司机的协助下,在市郊一处僻静的树林里,觅到了凄清的普希金决斗处。那里有一座镶嵌普希金浮雕的方尖碑,倒也不算稀奇,触目惊心的是附近有两块面对面的石碣,标明了决斗那天两位决斗者的站位,一边是普希金,一边是勾引冈察洛娃的法国贵族丹特士。萋萋青草丛中,白夜将至中的两块碣石,望去令人心碎。

普希金为什么非去决斗?年轻的朋友们大感不解。人是一定历史阶段主流文化的俘虏。当时的上流社会,男性间的为女性决斗,是一种强势社交文化,普希金也不能摆脱其羁绊。普希金在自己的诗体长篇小说里,就写到两位男主人公奥涅金和连斯基的决斗,一方挑战——一般是脱下一只白手套扔到地上,另一方拾起来,表示应战,然后,由双方的朋友作为证人,还带上医生,在约定的时间,在约定的地点,双方各备手枪,背靠背,听到证人指令后,各迈若干步,停下来,转身,证人会问哪位后悔?在那个时代那种风俗的约束下,鲜有男子不拾挑战者的手套,更鲜有男子临场退缩,一般都会说坚持决斗,于是,互相瞄准,证人倒数时间,最后发出开枪指令,于是同时开枪,很少有双双倒下或双双无恙的情况,一般多是一方中弹,医生马上抢救,马车立即奔往医院——普希金笔下,是纯真的连斯基死去,现实生活里,是花花公子丹特士没事儿,还有旺盛创造力的普希金却悲惨地结束了生命,那一年,他才三十八岁。

  普希金决斗致死,普遍被认为是沙皇尼古拉一世的阴谋。普希金同情反叛的十二月党人,对沙皇统治多有讥讽抨击,沙皇讨厌他,又碍于他取得的名气,不好公开除掉他,于是设下陷阱,让他自我毁灭。莱蒙托夫就是这样认为的。但小普希金十四岁的莱蒙托夫,却也在四年后死于决斗,并且只有二十七岁。这就更值得探究,为什么他们明知决斗凶险,甚至也意识到那可能是一个阴谋,一个陷阱,却就是不能不进入那样一种贵族社交文化,最后让它毁灭掉自己?

  回到北京,整理游俄照片,我长时间把目光停留在有关普希金的那些照片,尤其是决斗处两块碣石的那张照片上,思索不已。我感到,除了人性的复杂,一个历史阶段文化构成——包括主流风俗——的威力,也是值得我们深入探究的。我将通过"伊妹儿"和梁教授讨论这一问题。

托尔斯泰青冢

许多人都知道莫斯科新处女公墓里,有许多名人墓。听说我要去那里面参观,一位亲戚就嘱咐我:"一定要找到托尔斯泰的墓啊!替我也献上一枝花!"其实,那里面有的是阿列克谢·托尔斯泰的墓,此人是苏联时期的作家,著有《彼得大帝》等长篇小说,从历史长河的角度看,一生著述与事迹难与列夫·托尔斯泰相埒。

我那位亲戚并不清楚阿·托尔斯泰,他崇拜的是写下《战争与和平》《安娜·卡列尼娜》《复活》等巨著的列夫·托尔斯泰。列夫·托尔斯泰的墓就在他晚年长期居住的雅斯纳亚·波良那庄园里。

从莫斯科驱车前往位于图拉州的雅斯纳亚·波良那,需要三个多小时,半路上,我脑海里浮现出列夫·托尔斯泰一个短篇小说里的情境。他写到一个俄罗斯人,在一座小山上,把一袋金币放在一个鞑靼人跟前,那鞑靼人卖给他土地,他可以太阳一出就往山下跑,在山下绕一大圈,只要他在日落前回到鞑靼人面前,他圈下的地全归他。这个人日出就往山下跑,他舍不得拐弯,直到午后很久才拐弯留下记号,又跑了很远,天色都暗淡了,他才折转往山上跑,太阳在往地平线下沉,他拼命往山上爬,希望能在最后一缕阳光消失前扑到那鞑靼人脚前,但是,虽然他爬得手脚流血,还是没能在天黑前回到起点,他也就气竭而亡了。这篇含有训诫意味的小说,在托翁的创作中属于可以忽略不计的一类,却不知为什么,在新的生活环境下,早期阅读的一般印象,竟被激活为一种强烈的感慨。

雅斯纳亚·波良那庄园保持着当年的原貌,池塘里的莲花静谧地开放,白桦林的木桶里似乎仍可以流出庄园自酿的饮料克瓦斯,就连故居门廊下睡懒觉的那只花狸猫,都让你觉得刚被托翁轻抚过顺毛。许多参观故居的人都很难理解,那时候托翁的生活是那么优裕舒适,他的主要著述也都问世,光《战争与和平》的外文译本那时候他就已经收藏了十几种,绝对是功成名就,可是他却异常痛苦!他总不断扪心自问:为什么我如此富贵安逸,而眼前的农民却仍然那么贫苦?推而广之,世界上不公、不平等的事情还那么多,他想把自己的财产完全抛弃,以求得心灵的安慰。但是通过参观他的故居,你就会发现,他和妻子育成六子三女,庄园里又总是食客盈门,站在他妻子索菲亚的角度想想,倘若把全部财产捐弃,这个家庭如何支撑、生活如何继续?一九一〇年十月里的一天,托翁终于在与妻子索菲亚的又一次龃龉后离家出走,十一月二十日,在一个小火车站里,因肺炎不治终止了其波澜壮阔的一生。

托翁去世时,已经有了电影,摄影师闻讯赶去拍了许多镜头,包括索菲亚与家人赶去料理后事,以及民众自发地抬着花圈去吊唁。在纪录片镜头里,索菲亚表情凝重,很难判断她内心的奥秘。托翁因为成了世界名人,人们多半乐于去咀嚼他的伟大,很少有人去探究索菲亚的思想感情。有些人把托翁的离家出走与意外死亡,归咎于索菲亚的平庸与凡俗。其实生命是平等的。列宁因为那时候正致力于以武装斗争改变社会,因此虽然肯定托翁的文学成就,却痛批他那"毋以暴力抗恶"和自我道德完善的救世主张。平凡的索菲亚与其伟大丈夫之间的分歧,当然没有列宁与托翁之间的政治伦理冲突那么高的层次,但是,历史发展到了今天,似乎也应该拓展出一个研究领域,就是探讨如何在伟大的社会理想与安定的庸常生活之间,找到一条不需付出惨重牺牲的通道。

遵照托翁的遗嘱,就把他葬在庄园林中的一隙空地上。如无导游指点,我们无论如何不会发现,也难以相信,那就是一代文豪巨擘的墓冢:绝无墓碑,亦无片石,就是一个两米来长、不足一米宽的长方形土堆,上面布满萋萋青草。我蓦地又想起来途中默思的那篇小说,题目是"人需地几何",小说最后一句是结论,意思是所需无非是从头到脚的那样一个被埋葬的面积。现在中国实行火葬,生命归宿最后所需的土地,就更少了。

遵照索菲亚的遗愿,她去世后不与丈夫合葬,她那有墓碑的坟在庄园的另一边,一般参观者都很少去看。

人在胡同第几槐

　　五十八年前跟随父母来到北京,从此定居此地再无迁挪。

　　北京于我,缘分之中,有槐。童年在东四牌楼隆福寺附近一条胡同的四合院里居住。那大院后身,有巨槐。来北京之前,父母就一再地说,北京可是座古城。果然古,别的不说,我们那个大院的那株巨槐,仰起头,脖子酸了,还不能望全它那顶冠。树皮上不但有老爷爷脸上那样的皱褶,更鼓起若干大肚脐眼般的瘤节,我们院里四个小孩站成大字,才能将它合抱。巨槐春天着叶晚,不过一旦叶茂如伞,那就会网住好大好大一片阴凉。最喜欢它开花的时候,满树挂满一嘟噜一嘟噜白中带点嫩黄的槐花,于是,就有院里还缠着小脚的老奶奶,指挥她家孙儿,用好长好长的竹竿,去采下一笸箩新鲜的槐花,而我们一群小伙伴,就会无形中集合到他们家厨房附近,先是闻见好香好香的气息,然后,就会从那老奶奶让孙儿捧出的秫秸制成的圆形盖帘上,分食到用鸡蛋、蜂蜜、面粉和槐花烘出的槐花香饼……

　　父母告诉我,院里那株古槐,应该是元朝时候就有了。元朝是多少年前呀？那时不查历史课本和《新华字典》后头的附录,就不敢开口。反正是很久很久以前。但随着岁月的推移,古槐在我眼里,似乎反而矮了一些、细了一轮,不用四个伙伴合围,两个半人就能将它抱住——原来是自己和同龄人的生命,从生理发育上说,高了、粗了、大了。于是头一次有了模模糊糊的哲思:在宇宙中,做树好呢,还是做人好呢?树可以那样地长寿,默默地待在一个地方,如果把那当作幸福,似乎不如做人好,人寿虽短,却是地行仙,可以在一生里游历许多的地方,而且,人可以讲话,还可以唱歌……

果然我后来虽然一直定居北京,祖国的三山五岳也去过一些,海外的美景奇观也看到一些,开口说出了一些想出的话,哼出了一些出自心底的歌,比那巨大的古槐,生命似乎多彩多姿。但搬出那四合院子,依然会在梦里来到那巨槐之下。梦境是现实的变形,我会觉得自己在用一根长长的竹竿,吃力地举起——不是采槐花,而是采槐花谢后结出的槐豆——如果槐花意味着甜蜜,那么槐豆就意味着苦涩。过去北京胡同杂院里生活困难的人家,每到槐豆成熟,就会去采集。我的小学同学,有的就每天早上先去大机关后门锅炉房泄出的煤灰里,用一个自制的铁丝扒子扒煤核,每天晚上做完功课,就举着带铁钩的竹竿去采槐豆。而每到星期天,则会把煤粉合成煤泥,把槐豆铺开晾晒——煤泥切成一块块干燥后自家烧火取暖用,槐豆晾干后则去卖给药房做药材……在梦里,我费尽力气也揪不下槐豆来,而巨槐顶冠仿佛乌云,又化为火烫的铁板,朝我砸了下来,我想喊,喊不出声,想哭,哭不出调……噩梦醒来是清晨。但迷瞪中,也还懂得喟叹:生存自有艰难面,世道难免多诡谲……

院子里的槐树,可称院槐。其实更可爱的是胡同路边的槐树,可称路槐。龙生九种,种种有别。槐树也有多种,国槐虽气派,若论妩媚,则似乎略输洋槐几分。洋槐虽是外来,但与西红柿、胡萝卜、洋葱头……一样,早已是我们古人生活中的常客,谁会觉得胡琴是一种外国乐器、西服不是中国人穿的呢?洋槐开花在春天,一株大洋槐,开出的花能香满整条胡同。还有龙爪槐,多半种在四合院前院的垂花门两边,有时也会种在临街的大门旁边。

北京胡同四合院树木种类繁多,而最让我有家园之思的,是槐树。

东四牌楼(现在简称东四,一些年轻人简直不知道是什么意思,我宁愿永远不惮烦地写出这个地方的全名)附近,现在仍保留着若干条齐整的胡同。胡同里,依然还有寿数很高的槐树,有时还会是连续很多株,甚至一大排。不要只对胡同的院墙门楼木门石墩感兴趣,树也很要紧,槐树尤其值得珍视。青年时代,就一直想画这样一幅画,胡同里的大槐树下,一架骡马大车,静静地停在那里,骡马站着打盹,车把式则铺一张凉席,睡在树荫下,车上露出些卖剩的西瓜……这画始终没画出来,现在倘若要画,大槐树依然,画面上却不该有早已禁止入城的牲口大车,而应该画上艳红的私家小轿车……

过去从空中俯瞰北京,中轴线上有"半城宫殿半城树"一说,倘若单俯瞰东四牌楼或者西四牌楼一带,则青瓦灰墙仿佛起伏的波浪,而其中团团簇簇的树冠,则仿佛绿色的风帆。这是我定居五十八年的古城,我的童年、少年、青年、壮年的歌哭悲欢,都融进了胡同院落,融进了槐枝槐叶槐花槐豆之中。

不过,别指望我会在这篇文章里,附和某些高人的高论——北京的胡同四合院一点都不能拆不能动,北京作为一座城市正在沉沦……城市是居住活动其中的生灵的欲望的产物,尽管每个生灵以及每个活体群落的欲望并不一致甚至有所抵牾,但其混合欲望的最大公约数,在决定着城市的改变,这改变当然包括着拆旧与建新,无论如何,拆建毕竟是一种活力的体现,而一个民族在经济起飞期的亢奋、激进乃至幼稚、卤莽,反映到城市规划与改造中,总会留下一些短期内难以抹平的疤痕。我坚决主张在北京旧城中尽量多划分出一些保护区,一旦纳入了保护区就要切实细致地实施保护。在这个前提下，我对非保护区的拆与建都采取具体的个案分析，该容忍的容忍，该反对的反对。发展中的北京确实有混乱与失误的一面，但北京依然是一只不沉的航空母舰，我对她的挚爱，丝毫没有动摇。

最近我用了半天时间，徜徉在北京安定门内的旧城保护区，走过许多条胡同，亲近了许多株槐树，发小打来手机，问我在哪儿？我说，你该问：岁移小鬼成翁叟，人在胡同第几槐？

小风景与大环境

明朝著名的"公安三袁",即袁宗道(伯修)、袁宏道(中郎)、袁中道(小修)三兄弟都爱写游记小品,中郎与小修各有一篇《游高梁桥记》,春三月的游览,有一回还是同游,但他们游毕的印象与心境竟大相径庭。

高梁桥在北京西直门外,至今不仅仍存其名,还依稀可辨河道与桥址。在明清时期,高梁桥、泡子河、满井等处是文人雅士最喜游憩的、具有野趣的城边胜景。中郎的那篇游记中这样介绍高梁桥:"两水夹堤,垂杨十余里,急流而清,鱼之沉之水底者,鳞鬣皆见,精蓝棋置,丹楼朱塔,窈窕绿树中,而西山之在几席者,朝夕设色以娱游之。当春盛时,城中士女云集,缙绅士大夫,非甚不暇,未有不一至其地也者。"具体的那回游览,他这样记叙:"三月一日,偕王生章甫、僧寂子出游。时柳梢新翠,山色微岚,水与堤平,丝管夹岸。跌坐古根上,茗饮以为酒,浪纹树影以为侑,鱼鸟之飞沉,人物之往来,以为戏剧。"他的审美活动已经达到以主观想象替代客观实体的程度,所以旁人看到很难理解,他写道:"堤上游人,见三人枯坐树下若痴禅者,皆相视以为笑。而余等亦窃谓彼筵中人,喧嚣怒诟,山情水意,了不相属,于乐何有也!"这篇游记凸现出袁中郎逸世脱俗的雅士情怀,确是一篇妙文。

　　袁小修的同名游记却采取了严格写实的笔法:"高梁旧有清水一带,柳色数十里,风日稍和,中郎拉予与王子往游。时街民皆穿沟渠淤泥,委积道上,羸马不能行,步至门外。于是三月中矣,杨柳尚未抽条,冰微泮,临水坐枯柳下小饮,谭锋甫畅,而飚风自北来,尘埃蔽天,对面不见人,中目塞口,嚼之有声。冻枝落,古木号,乱石击。寒气凛冽,相与御貂帽,著重裘以敌之,而犹不能堪,乃急归。已黄昏,狼狈沟渠间,百苦乃得至邸。坐至丙夜,口中含沙尚砾砾。"对这次游览,他后悔不迭,自问为什么"家有产业可以糊口,舍水石花鸟之乐,而奔走烟霾沙尘之乡"?甚至把自己跟着去高梁桥凑热闹的行为贬斥为"嗜进而无耻,颠倒而无计算也!"

　　中郎的记游,把小风景的美感无限放大,而把大环境的恶劣忽略不计。小修则相反,他对被大环境污染的小风景的美感忽略不计,而对大环境的恶化程度浓墨描绘,深恶痛绝。

　　北京的风景名胜极多,除了紫禁城、颐和园等大规模的古建园林,还有不少分散各处的小风景。但是这所有的风景名胜,都属于一个大的自然环境区域。在大区域的自然生态持续恶化的情况下,相对显得小些的风景名胜地即使确实还有其优美一面,那优美也是脆弱的。袁小修笔下的高梁桥风景带就被昏天黑地的风沙给"杀"掉了。其实,他家里花园的那些个"水石花鸟",也同样会被搅天的风沙弄得失却清爽润泽。

　　能够像袁中郎那样时时以主观想象统领审美情绪,从艺术创作的角度来说当然是可贵的品质。但是从实际生活的角度出发,保护实际存在的优良大环境,对已经恶化的大环境付出大力气加以改造扭转,则是真正保障我们审美需求的坚实前提。

　　北京在明清时期是一座水城,贯穿城区的湖泊水道颇多,但是到二十世纪初很多湖泊水道就已经萎缩乃至湮灭。现在的高梁桥地段脏、乱、差,不能唤起任何审美情绪,恐怕袁中郎复活重游也再难自得其乐。当然,和北京许多其他地段一样,高梁桥地段也已经有了改造计划,很快便能付诸实践。北京这些年在复原某些老风景上很下了些功夫,像西、南护城河的整治,后门桥的修复,莲花池的果然莲花怒放,等等,这些从保护小风景的角度做出的美化优化城市景观的努力是应该肯定的。但更应该重视,并花大力气整治的应该是整个环北京地区,乃至整个华北北部的自然生态环境。如果不努力在北京周边,特别是西北的沙漠南移地带大规模固沙造林,改进生态,那么,像袁小修笔下的那种出行一趟,回到家中"口中含沙尚砾砾"的情形就还会持续下去。整治北京大环境的规划现在也已经有了,并且也正在从纸面推向地面,我们期待着在不久的将来,就能享受到其实惠。

  在经济杠杆的撬动下,全国许多地方都很重视小风景名胜的修复开发,以作为旅游资源,仿佛是在竞栽"摇钱树"。有的地方,比较注意把小风景的开发同大环境的保护整治结合起来,有的地方就不够注意,甚至不管不顾,把本来通体很好的自然环境,切割破坏掉了,开发为旅游点的地方风景确实迷人,沿途周边的山林水域却破了相受到污染,见之令人痛心。有的地方原来整体自然环境很差,仅仅是绿洲似的几处小风景还不错,于是拼命往那小风景上"贴金",而越来越趋恶化的大自然环境也就越来越粗暴地来"煞风景",形成恶性循环。这都是必须加以矫正的。

  在小风景与大环境的联袂发展方面,北京应该成为全国的一个榜样。过几年,北京人无妨举办一次《游高梁桥记》的同题征文活动,把那些新写出的篇章与袁氏兄弟的文字对比着阅读,届时人们会产生出怎样的思绪感慨?

冰吼

"日有所思,夜有所梦",这话未必能解释一些梦的出现。比如昨日我的的确确毫无所思的一幕,午夜便活灵活现于我的梦中。惊醒后残梦余韵不散,令我在自楼窗泻入的月光中倚枕玩味良久。

我的梦境总非工笔画一流,有时听妻讲起她的梦境,不仅人物眉发宛然,背景上的一花一叶也纤毫毕现,总是非常地羡慕;我的梦境一概是大写意,而且似泼墨般既淋漓酣畅又跳荡迷蒙。

昨夜的梦境是在一个湖畔。黑糊糊的树影,灰蒙蒙的冰面,不消说是一种严冬的景象,然而却看见我只穿着背心裤衩,足踏夹趾塑料拖鞋,十分写意地在湖畔踽踽独行;有比树影更其墨黑的一些等高线条,在湖畔显现,使我意会到那正是湖岸边的铁栅,啊,不消说,那正是我非常熟悉的地方——北京城西北边的什刹海,一大片不为许多外地人和旅游者知晓注重的水域……

什刹海的景致,倒也有不少的文章介绍过,我自己写的长篇小说《钟鼓楼》里面也写到什刹海,且追溯到半个多世纪前的景观。一般介绍什刹海,总以夏日的风光为重点。的确,夏日环湖的垂柳或白杨一派翠绿,湖波粼粼。前海东侧总有大片的莲叶荷花,站在前海和后海相接的水域最狭处的名曰"银锭"的小桥上,朝西望去,在一片渐次开阔深远的湖面尽头,可以看到黛色的西山剪影,前人曾将此录入所谓"燕京十六景"之一,称"银锭观山";前海当中有一小岛,本来只有一丛垂柳,一片芳草,甚有野趣,现在上面设了游乐场,我亦认为是一大败笔——但不管怎么说,什刹海毕竟是北京城里难得的一处富于天然情趣的景观。又岂止是夏日有着艳丽的面貌,春日的柳笼绿烟,秋日的枫叶曳红,以及晨光中的水雾空蒙,夕照中的波漾碎金,兼以附近胡同民居的古朴景象,放飞鸽群发出的哨音,遛鸟的老人们悠然的步态……总能引出哪怕是偶一涉足者的悠悠情思,尤其会感到在波诡云谲的世态翻覆中,古老的北京城和世代的北京人总仿佛在令人惊异地维系着某种恒久的东西……

然而,上述的种种什刹海景观都未曾显现在我昨夜的梦中,梦中只有黑白灰三色的朦胧冬影,既亲切又陌生,既朴实又神秘,我只见我近乎赤膊地缓步前行,不知从何而至,亦不知将欲何往……忽然,有一种绝对真实的声音,訇然响起,迷蒙的景色顿时抖动起来,而梦中的我顿时有一种大欢欣,通体产生出一种迸裂融化的极度快感,而转瞬之间,黑色化为了浓绿,灰色化为了翠绿,白色化为了嫩绿,墨色的栅栏化为了黛绿。在一片爽人灵魂深处的悸动中,梦中的我却又一身飘飘然的奶白绸衫,脚是赤足,踏跳在茸茸的绿草之中,身轻如电视中常见的慢镜头,悠然前行,亦不知为何如此,更不知欲飞何处……

梦醒之后,那訇然的音韵仍萦绕于耳。对了,我恍然,那正是我所熟悉的一种音响,非老什刹海畔的居民不能知的……

我在北京什刹海畔居住过十多年。一度我的居室后窗便朝着后海湖面。冬夜——不是那种北风怒号的冬夜,而是宁静到仿佛连空气都不再流动的最寂寞最冷清的冬夜,有时就突然从居室后窗传送进来一种短暂而惊心的訇响。头一冬乍听见时曾疑惑地自问:难道这城里边竟有饿狼？嗥声如此凄厉？西直门外动物园的大象的吼声也许如此,但纵有西风传送,那样遥远的距离,又是大象正该在象房中酣睡的时刻,何来吼声？……

有一回同一位忘年交的老者,冬夜里在银锭桥北头烟袋斜街的小酒馆里消磨到深夜,相互搀扶着,酩酊地在阒无一人的湖畔往住处走。忽然,一种熟悉然而更其清晰也更其沉重的音响忽然从湖上传来。老者遂对我说:"听见了吗？这是冰吼,这声音是很难听到的——在一般的江湖河海,因为冰冻的部分膨胀时,总能朝尚未冻住的水域延伸,又因为周遭并不拢音,因而都没有这种声音,唯独我们什刹海,全湖都冻住了,进一步干冷,冰面不由得猛地膨胀,又胀不出去,因而发出这样一种苦闷而欲求解脱的吼声,偏这后海一带又极为拢音,所以听来这样惊心动魄!"

梦醒后,我久久地回味着那真实而动人的冰吼。我不信占梦术,亦不倾心于弗洛伊德的《梦的解析》,我不认为此梦与白日所思有关,不觉得其中蕴含着多少复杂而深刻的意味。我只是更由衷地判定自己尽管祖籍四川且落生在成都,但定居北京四十余年,结果是我已成了一个地道的北京市民;而且尽管我迁离什刹海已有十多年之久,我的灵魂中却已渗入了什刹海的风土人情,乃至那鲜为人知的独特的冰吼。今年的冬夜,要不要寻一个风定人静的时刻,再在酒后到什刹海畔漫步,聆听一回别有韵味的冰吼呢？

怒绿

那绿令我震惊。

那是护城河边一株人腿般粗的国槐,因为开往附近建筑工地的一辆吊车行驶不当,将其从分权处撞断。我每天散步总要经过它身边,它被撞是在冬末,我恰巧远远目睹了那惊心动魄的一幕。那一天很冷,我走拢时,看见从那被撞断处渗出的汁液,泪水一般,但没等往下流淌,便冻结在树皮上,令我心悸气闷。我想它一定活不成了。但绿化队后来并没有挖走它的残株。开春后,周围的树都再度先后放绿,它仍默然枯立。谁知暮春的一天,我忽然发现,它竟从那残株上,蹿出了几根绿枝,令人惊喜。过几天再去看望,呀,它蹿出了更多的新枝,那些新枝和下面的株桩在比例上很不协调,似乎等不及慢慢舒展,所以奋力上扬,细细的,挺挺的,尖端恨不能穿云摩天,两边滋出柔嫩的羽状叶片……到初夏,它的顶枝所达到的高度,几与头年丰茂的树冠齐平,我围绕着它望来望去,只觉得心灵在充电。

这当然并非多么稀罕的景象。记得三十多年前,一场大雷雨过后,把什刹海畔的一株古柳劈掉了一半,但它那残存的一半,顽强地抖擞着绿枝,继续它的生命拼搏,曾给住在附近的大苦闷中的我以极大的激励,成为支撑我度过那些难以认知的荒谬岁月的精神滋养之一。后来我曾反复以水彩和油画形式来刻画那半株古柳的英姿,可惜我画技不佳,只能徒现其外表而难传达其神髓。进入改革开放时期,我曾在大型的美术展览会上,看到过取材类似的绘画;再后来有机会到国外的各种美术馆参观,发现从古至今,不同民族的艺术家,以各种风格,都曾创作过断株重蹿新枝新芽的作品。这令我坚信,尽管各民族、各宗教、各文化之间存在着若干难以共约的观念,但整个人类,在某些最基本的情感、思考与诉求上,是心心相通的。

最近常亲近丰子恺的漫画,其中有一幅他作于一九三八年的,题有四句诗的素墨画:"大树被斩伐,生机并不绝。春来怒抽条,气象何蓬勃。"这画尺寸极小,所用材料极简单,构图更不复杂,但却是我看过的那么多同类题材中,最有神韵、最令我浮想联翩的一幅。是啊,不管是狂风暴雨那样的天灾,还是吊车撞击那类人祸,受到重创的残株却"春来怒抽条",再现蓬勃的气象,宣谕超越邪恶灾难的善美生命那不可轻易战胜的内在力量;丰子恺那诗中的"怒"字,以及他那墨绘枝条中所体现出的"怒"感,都仿佛画龙点睛,使我原本已经相当丰厚的思绪,倏地提升到了一个新的高度。

今天散步时,再去瞻仰护城河边那株奋力复苏的槐树,我的眼睛一亮,除了它原有的那些打动我的因素,我发现它那些新枝新叶的绿色,仿佛是些可以独立提炼出来的存在,那绿,是一种非同一般的绿,倘若非要对之命名,只能称作怒绿!是的,怒绿!

那绿令我景仰。

候春的秋叶

那是去年深秋,一夜北风吹过,我到乡间书房外的小院里检视,满地落叶,满眼枯枝。四季轮回,秋来叶落,无足怪,亦无可叹。我持帚扫叶,小院在我眼中仿佛一篇经过修改的文章,渐渐清爽起来。处理完落叶,我在小院中徐踱步、细观察,发现那紫玉兰靠下的一个分枝上,还有一片秋叶未落。根据前几年的经验,玉兰树的叶片跟小院里其他树木——核桃、樱桃、丁香相比,数量较少,但叶面较大,质地较厚,秋来即变色,风过易坠落,往往是,其他那些树上的叶片尚未落尽,玉兰枝丫却已全然赤裸。那天的观察虽令我微惊,过后也就忘记。

回城后忙于俗务,又应邀去了趟澳大利亚,再到乡间书房,已然是隆冬了。澳大利亚此时正入盛夏,在那里满眼绿树繁花,倏忽回到北京的这个乡间小院,竟是地道的冬景,地上有没化尽的残雪,几株三年前自植的树木枯枝横斜,这地球真是奇妙,飞机旅行真是便捷……正这么思忖,忽然,看到玉兰树上的那片秋叶,竟还静静地守着枯枝,再环顾其他树木,一叶不存!于是,凝视那片玉兰叶时,就仿佛在一篇有待修改的文章里,有个跳眼的词汇入眼,它究竟是妨碍文气的赘瘤,还是提神醒心的妙笔?

整个残冬,到了那小院,我就要去观察——后来不仅是观察,而是欣赏,乃至质询于那片叶子。作为一片秋叶,它久久地保持着鲜润的活力。开始,它虽然变了颜色,从深绿转化为暗红,却还有着蜡光。后来,它边缘有所蜷缩,叶心却依旧明亮。马年腊月底,玉兰枝端悄然膨起,那是正缓缓孕育的花苞的初级阶段。羊年春节过后,大地微微暖气吹,玉兰花苞如套鞘的小楷羊毫。那天,最早的一缕春气似隐似显地游丝般掠过,正在小院里舒展肢体的我,看到玉兰树上的那片秋叶,终于谢幕般地,以极其优美的旋转曲线,袅袅飘落到地下。这又让我吃了一惊。很长一段时间里,我习惯于它的不落,以为它是贪恋生的享受,拼足力气只为了抗拒自然规律。在它飘落的那几秒钟里,我觉得树上的那些膨得越来越壮的花苞,至少有几个,仿佛在感动地颤动。啊,花苞在吟唱感激那片迟落秋叶的颂歌。那是一片候春的秋叶。尽管它早已不能为树木光合出营养,对新一代的花朵和叶片无法做出实际奉献,但它那为新一轮生命的诞生,努力地守望春天的精神,却仿佛一道强光,照亮了新花新叶的前程!

　　每次凌晨回城,总爱预约村里小谢的出租车。今天也不例外。进城一路上,我们爷俩总是言谈甚欢。村里开出租车的还有几户,但人家都是人息车不息,或两口子、或两兄弟,共同承租一辆车,只需上交一笔"车份钱",就日夜都能有进账。小谢爱人色弱,开不成车,他就一个人开。村子离城约三十公里,一早进城的过程往往是空驶,夜里运气好时,恰遇上有顺路的,可以拉客、回家兼顾,但多半也只好是空驶返回。这样的境况,比起一车双人的开法,自然辛苦许多,而收益却比人家要少一半。小谢已过不惑之年,本来在村子附近开发的楼盘里,有份物业公司维修部的工作,每月一千元的工资,养家糊口也不算太困难,但他却有个宏愿,就是一定要把两个女儿培养为大学生。镇子上当然有中学,但毕业生考上大学的概率奇低,考上好大学的例子则尚待零的突破。小谢的大女儿和小女儿现在都考进了区里知名度很高的十二年制寄宿学校,一个上到初二,一个上到高一。女儿能考进去固然不容易,能为女儿交上那所有的费用,对他那样一个村民来说,则更不容易。据他说,供两个女儿上这样的学校,一年至少需三万元。他现在每天进城拉活,平均在十四个小时左右。深夜回到家里,爱人总是马上从灶上把热菜热饭端到桌上,跟着就把一盆热水搁到他脚下,伺候他一边吃饭一边烫脚。他三百六十五天,只歇车五天,其中四天是去学校开家长会,一天是大年初一,在家跟亲人团聚。有次我包他的车去北京大学开宗璞大姐的长篇小说研讨会,开完出得会场,却只见他的车,好久不见他人影,原来他是第一次进北大,忍不住各处张望一番。开车送我回家的路上,他眼睛跟充了电一样,一再地说:"我要让她们考进去!我要再奋斗十来年!您别再问我累不累了,我值得为她们累!值得!"这天我请他送我回城,话题自然还是他的一双女儿,他说他要一直供到她们读完硕士,他知道,到读博士的时候,就有工资了,那时候他就完成任务了,他要跟她们姐俩说,要好好歇歇了,要跟她们妈妈逛逛风景名胜了……因为实在太熟,跟他交谈也就放言无忌,我脱口问道:"倘若她们哪位,考不上大学呢?"他自信地说:"不会有那样的事。"他告诉我,小女儿最近一次作文,老师出的题目是"出门时刻",其他同学多半写自己离开家的情绪,她却写的是假期时,目睹父亲一早开车出门进城拉活的感受,老师给了满分,还推荐给一家杂志发表了。大女儿呢,最近一早给家里打电话,跟她妈话儿成串,她妈让她跟爸爸说话,电话是共听状态,她却忽然无声,她妈问怎么啦?又以为电话坏了,他却明白,那边女儿一听他的声音,想到是他不辞劳苦挣钱供她们两姐妹上这样好的学校,就忍不住流眼泪,一时说不出话来了……小谢跟我讲到这些琐事时,泪光在眼角闪烁,我也就不言语了。按说,该把小谢比喻为强壮的树干，或碧绿厚实的叶片，那一双懂得用功的小姐妹，则该比喻成破鞘欲放的紫玉兰花。但情感波涌浪卷时，联想就往往逸出一般逻辑，而进入更复杂丰富的境界。正是在这时候，我联想到了小院玉兰树上那片苦苦候春的秋叶，以及那叶片终于徐徐飘落时，那尚未从鞘皮里蹿出，但已膨起的花苞的微微颤动……

《常回家看看》这首歌，流行已久，屡唱不衰。提醒晚辈及时安慰寂寞中的老人，甚至已经成了电视广告中频现的套路。叶子该落时落下并不可惜，秋叶候春竟然不落只是个案。抚养与赡养，应是人生的美丽循环。其实我们受之父母的最重恩德，往往并不是在他们老时，而是在他们生命中最珍贵的壮年时期。老了，无实用价值了，但一片玉兰秋叶苦苦候春，直到新一轮花苞膨胀欲放前夕才释然离枝，这一悲壮雅丽的个案，启示着我们，要更深入地去体味天下父母心。我们或许都能"可怜天下（正在作为的）父母心"，我们一定也能"可怜天下（已无法作为的）父母心"吗？生生不息的人类啊，在你栖息的大地上，有多少这样的细节、这样的个案，值得你以心灵亲近……

譬如朝露

到了花甲之年，曹操那"对酒当歌，人生几何？譬如朝露，去日苦多"的千古名句不免经常袭上心头。其实比曹操更早的诗人秦嘉已有"人生譬朝露，居世多屯蹇"的感慨，而曹操的儿子曹植又有"人生处一世，去若朝露晞"的沉吟，这说明以露喻命成了人们的一种通感。佛教《金刚经》称："一切有为法，如梦幻泡影，如露亦如电，应作如是观。"我以前一直觉得梦幻比朝露多彩，泡影比朝露浪漫，电光比朝露壮丽，四种并列的短促命相里，似乎唯有朝露最卑微凡庸。

我是个夜晚写作、上午睡觉的怠懒人物，虽然也写过《仙人承露盘》之类的作品，也跟着古人感叹过"譬如朝露"，其实，究竟朝露是怎么凝结出来的，以往并不曾专门观察过。近两年在京东远郊一个村子辟了一个书房，周围全是田野。那天下午，我到村外画水彩写生，结识了农民小陶，聊天当中，听他说及"接露"，很觉新奇。他种的那一大片地，引进的是香港的一种名称古怪的蔬菜，这种菜在生长期里朝露越旺质量越好，所以他经常天不亮就到地里去等待凝露。据他说，朝露的多寡旺涩取决于黎明时地面与低空的温差是否恰到好处，地面温度太低了不行，低空中的水气太少也不行。他也不光是消极地等待，有时会燃些热烟熏地，或往菜田旁的沟渠里灌水，他说当晨光像灶膛般亮起来，看到菜叶上凝出了浑圆的露珠，心里头的高兴劲儿，跟看到老婆顺利生下胖娃娃一模一样。小陶说得我心痒，于是有一天我就让他天亮前来唤醒我，带我一起到田野里去"接露"。

近年北京气温持续偏高，雨水稀少，小陶边领我往田里去边叹气说，地皮散热虽然势头很旺，但是低空里水气不足，所以露水很难凝出，就像婆娘生孩子难产一样，让人犯愁。又说不光他种的菜需要露水滋润，就是一般的庄稼，在这旱年里头，多点露水也能缓解旱情。深一脚浅一脚地跟他往前走时，露水的分量在我心上也沉重了起来。

我们来到田里时，东边天空已是蛋青色，小陶在田里游动，我遵他的叮嘱蹲在一株他称为"二胖子"的菜棵前，睁大眼睛观察那肥大的叶片。在朦胧的天光里，初看只觉得那叶片蔫涩乏味，心想这样的蔬菜难道真像小陶所说，是专门供应高档餐馆的"摇钱菜"？稍后觉得脚下氤氲出些温热，而低空中沉旋下些微寒；再后，东边天际仿佛有天女散花，倏忽一扇霞光闪出，那边小陶喊了声"注意"，我忙更专注地盯视那片菜叶，陡然有晶莹微颤的露珠出现，那叶片竟也无风自颤起来，仿佛一觉醒来伸臂舒展打着长长的呵欠，我也不禁喊了声："看呀！"我更仔细地观察，觉得那几个露珠确实都像刚落生的娃娃，新鲜的生命透着单纯憨态，有一粒悬在叶尖上，反射出朝霞的虹彩，欲滴未滴，淘气里透着聪慧……很快地，天光大亮，朝阳的射线密集地倾泻到田野里，眨眼之间，叶尖的露珠已然无声坠落，而叶片上的露珠，有的不知是怎么消失的，但有一粒，我清清楚楚地捕捉到了它浸润融汇到叶脉里的那一瞬，确实，非常短暂，然而又非常辉煌——那晦暗中令我觉得萎蔫的叶片，因露珠兄弟姐妹的短暂生命，变得挺秀碧鲜！

"接露"后回到书房，我觉得有满心的香露正在浴灵。怎样看待自己的生命？譬如朝露？是的，即使能活到一百岁以上，放到无尽的宇宙坐标里去衡量,实在也短暂得可笑可怜,但是,倘若在我们短暂的生命过程里,哪怕仅有一次,我们真能像露珠一样,奉献自己而浸润了世界,令世上有价值的东西得以兴旺,那么,短暂还构成焦虑吗?我走到音响前,想从 CD 盘里找一阕最能呼应自己情思的乐曲……您猜,我选择了哪一阕?

第三辑　给心房下一场雪

春从心出

　　愿乘火车,喜欢那窗外舒卷的田园画面;愿乘轮船,喜欢那船头劈开的浪花飞溅;愿乘飞机,喜欢那舷窗外的云海无边……旅行之乐,在起点,在终点,更在那前往中的沿途浏览。

　　愿有机会,被准允一个人进入没有演出的剧场,随便选一个适中的座位,静静地坐在那里,凝望那垂闭的大幕,在万籁俱寂中,以回忆,以想象,以对自己钟爱的编剧、导演和演员的深深感激,以对艺术的敬畏与对审美的忠贞,从心灵里,演绎出一幕又一幕的话剧,喜怒哀乐,悲欢离合,情理之中,意料之外,神秘莫测,难以言喻……啊啊,那是怎样的一种超级享受!

　　当近照堆积如山时,我们厌倦了摄影,甚至消退了清理回味的兴致。可是,我们对旧照片的窥视欲久盛不衰。难道,非得通过人世的纷乱,自我的颠沛,以及痛苦的失落、无奈的损减,当那岁月梳篦过的残照,零星如梳齿上的断发时,我们才能懂得珍惜,生发出琴弦般颤动的情愫吗?

　　以往,害怕走进书店,是因为总觉得那陈列出的新书,有许许多多都应该抓紧购买,而自己囊中羞涩,欲壑难填——甚至仅仅是站在书店的橱窗前,便有一种受到特殊强刺激的感觉,怦然心动,难以自持;常常是,进去时拼命告诫自己不得癫狂,而出来时却囊中如洗,抱着一大包书,踽踽独行在长街之上,因为连乘公共汽车的钱也没留下,步行抱书回家真乃苦难的历程……及至回到家中,洗手沏茶,仰坐观书,那一份悠哉游哉的劲头,噫,亚赛小神仙!如今呢,害怕走进书店,是因为那些花花绿绿的出版物,虽然呈现着满坑满谷之势,不像以往那么隔着柜台,大半还得有劳售货员取拿,可以随意自选,浏览听便,可是,竟往往很难遇上一两本想买下的书,甚至带去打算购书的费用,竟有花不出去的苦闷;终于淘出购得数种,打的回到家中,照例洗手沏茶,倚在沙发上展读,那纸张没得说是雪白挺括的,装帧得也颇称"雅皮",但仅是头一章,便几乎每页都有别字蹦出,如沙石硌牙,好不扫兴。几个人合译之书,选题甚佳,却前面把主人公叫作乔治,后面又称格奥尔基,想必是将原著一撕两半,各译各的,最后为赶快上市抢占市场,"萝卜快了不洗泥",把贯通一遍的程序都免了,堂皇包装,昂其定价,因请到鼎鼎大名的人物作序,慎重如我,也欣然购回……唉唉,出版业数量大繁荣中的杂芜之弊,何时可减?

书中毕竟有人生,人生毕竟一部书;书业杂芜,仍要耐心从中淘出善本精品,人生诡谲,仍要坚韧地追求活着的真谛。

冬去春来,朋友打来电话,兴奋地报告,他那窗外的晴空中,出现了多年不见的南来雁群,一会儿呈一字,一会儿呈人字,跃然翩飞,引出他心中酽酽的诗意,多年不曾写诗的他,一时竟挥就了五首新作!放下电话,我也久久不能平静。我们的生命都只有一次。生命中的青春也只有一回。我们生命中最辉煌的时刻也只有那么一段。这都很像北国的春天,会飘然而至,绣出万紫千红,却又会匆匆而去,甚至伴随着阵阵沙风,在你不经意时,已然落红满地。现代人里,谁还会像林黛玉那样哀伤地葬花?一时间你会觉得有许多俗众熙熙攘攘、无情地在你眼前践着落花去追名逐利,于是你惆怅,你喟叹……但是,我鼓励自己,也劝告别人,像我那朋友一样,诗意地看待生命,看待青春,看待成败得失,看待生死关劫;须知,有一种春天是永存的,那便是从心灵滋生出来的,大雁跋涉般的豪情……

心里难过

深夜里电话铃响。

是朋友的电话。

他说:"忍不住要给你打个电话。我忽然心里难过,非常非常难过。就是这样,没别的。"

说完他挂断了电话。

我从困倦中清醒过来。忽然非常感动。

我也曾有这样的情况。静夜里,忽然有一种异样的情绪涌上心头,那情绪确可称为"难过"。

并非因为有什么亲友故去。

也不是自己遭到什么特别的不幸。

恰恰相反:也许刚好经历过一两桩好事快事。

却会无端地心里难过。

不是愤世嫉俗。不是愧悔羞赧。不是耿耿于怀。不是悲悲戚戚。

是一种平静的难过。

但那难过深入骨髓。

静静地意识到,自己的生命实体是独一无二的。不但不可能为最亲近最善意的他人所彻底了解,就是自己,又何尝真能把握那最隐秘的底蕴与玄机?

并且冷冷地意识到,自己对他人无论如何努力地去认知,到底也还是只近乎一个白痴。对由无数个他人组合而成的群体呢?简直不敢深想。

归纳,抽象,联想,推测,勉可应付白日的认知。但在静寂清凄的夜间,会忽然感到深深的落寞。

于是心里难过。

也曾想推醒妻,告诉她:"我心里忽然难过。"也曾想打一个电话给朋友,只是告诉他一声,如此如此。但终于都没有那样做,只是自己徒然地咀嚼那份与痛苦并不同味的难过。

朋友却给我打来了电话。

我自信全然没有误解。

并不需要絮絮的倾诉。简短的宣布,也许便能缓解心里的那份难过。或许并不是为了缓解,倒是为了使之更加神圣,更加甜蜜,也更加崇高。

在这个毋庸讳言是走向莫测的人生前景中,人们来得及惊奇来得及困惑来得及恼怒来得及愤慨来得及焦虑来得及痛苦或者来得及欢呼来得及沉着来得及欣悦来得及狂喜来得及满足来得及麻木,却很可能来不及在清夜里扪心沉思,来不及平平静静、冷冷寂寂地忽然感到难过。

白日里,人们杂处时,调侃和幽默是生活的润滑剂。

静夜里,独自面对心灵,自嘲和自慰是魂魄的清洗液。

但是在白日那最热闹的场景里,会忽然感到刺心的孤独。

同样,在黑夜那最安适的时刻里,会忽然有一种浸入肺腑的难过。

会忽然感觉到,世界很大,却又太小;社会太复杂,却又极粗陋,生活本艰辛,何以又荒诞?人生特漫长,这日子怎的又短促?

会忽然意识到,白日里孜孜以求的,在那堂皇的面纱后面,其实只是一张鬼脸;所得的其实恰可称为失;许多的笑纹其实是钓饵,大量的话语是杂草。

明明是那样的,却弄成不是那样了。无能为力。

刚理出个头绪,却忽然又乱成一团乱麻。无可奈何。

忘记了应当记住的,却记住了可以忘记的。

拒绝了本应接受的,却接受了本应拒绝的。

不可能改进。不必改进。没有人要你改进。即使不是人人,也总有许许多多的人如此这般一天天地过下去。

心里难过。

但,年年难过年年过。日子是没有感情的,它不接受感情,当然也就不为感情所动。

需要感情的是人。

人的情感首先应当赋予自己。唯有自身的情感丰富厚实了,方可分享与他人。

常在白日里开怀大笑吗?

那种无端的大笑。

偶在静夜里心里难过吗?

那种无端的难过。

或者有一点儿"端",但那大笑或难过的程度,都忽然达于那"端"外。

是一种活法。

把快乐渡给别人,算一种洒脱。

把难过宣示别人,则近乎冒险。

快乐可以共享。

难过怎能同当?

但有时候就忍不住,想跟最亲近的人说一声:我心里头忽然难过,非常难过。

在那个时候,人生的滋味最浓酽。

也许进入悟境,那难过便是一道门槛吧!

心灵百叶窗

你的心灵小木屋,有没有与外界沟通的窗口,那心灵之窗,你安装百叶帘了吗?

常常地,你为那从窗口满泻而入的金光,满心欢喜,无比自豪。是的,人生怎能没有光明,心灵怎能任其幽暗?心灵小木屋,必得有大千世界的光和热涌入,才会有生机,有生趣,才能酿出灵感,产生出创造的冲动。所谓幸福与欢乐,与心灵门窗的敞开程度,一般来说,是成正比的。

但是,在生命历程的某些时段,外界所射入的光,未必都是纯净的阳光。你取得了某些成绩,获得了某些收益,于是,捧场的光、阿谀的光、忌妒的光、怀疑的光,都可能灼热刺目地破窗涌入,或许令你兴奋莫名、忘记了自己的实际斤两;或许令你顿生烦恼、不能冷静自持。这时,如果你的心灵之窗安装了操纵自如的百叶帘,那么,你就可以灵活调整那叶片的开合程度,使那些光线恰到好处地透射进来——你需要适度的鼓励之光,以滋润你那在奋进中也许有些疲惫的心灵;你也应该适度地容纳批评挑剔之光,以使自己清醒地认识到自己的不足,甚至还可以有更深层次的憬悟——即使你的作为已接近至善完美,但他人仍会严酷地审视你哪怕是一丝的不妥、一毫的疏忽,你要习惯这种人类的心灵碰撞现象——其实,你作为别人的一个"他人",那审视称量的眼光,又何尝不苛刻?

不过,当下的中国人,因成功发财而受到强光照射的,毕竟还是很小的一部分,中间状态的所谓"芸芸众生",多有"不如意事常八九"之叹;还没有走上社会的学生,学业的压力、考取高一级学校的压力、家长"望子成龙"的压力、同学间公开竞争与隐性攀比的压力,都不小;从技校或大学毕业出来的青年人,求职的压力、求到职后工作任务的压力、特别是人际交往间怎么也磨合不好的压力,都会使心灵里蓄满焦虑。在这种情况下,适当开大心灵的窗户,增加进光量,并扩展自己的视野,可作为第一步措施。但天有阴晴风雨,不能总是企盼外光来疗救自我心灵因焦虑而派生出的幽暗低沉;再说,瞭望外面那精彩的世界,这山望去那山高,懂得山外有山天外有天,固然有激励自己在这以竞争为发展机制的社会中,胸怀抱负艰苦奋斗,以期能跻身"成功人士"行列的好的一面,但过多地"外望",欲望膨胀,把心旌弄得噼啪乱卷,也可能会生发出好高骛远、不自量力的浮躁乃至非分之心。这样,就必须采取第二步措施——安装窗帘,使自己和窗外的光线与风景,保持一种变化的互动关系。而一般的窗帘,比如左右开合的布制窗帘,又有着要么遮蔽要么豁然的弊病。还是百叶帘好,它可以使你与窗外的光线与风景的关系随时调整到最佳状态。

在生命的某些时刻,不仅卷起百叶帘,而且洞开窗扉,让外界的阳光、气流,挟带着人间的复杂滋味,任其涌入,当然是必要的,也往往会给我们带来生命中最直接的快感。但是,在生命的更多时段,还是以心灵之窗的百叶帘,把内心的光线与氛围调节在对自己最恰切的状态吧。如果外界泻入的光线太强,就把百叶合拢一些,保持一派安谧平静;如果外界一时阴雨绵绵,就点燃你的心灯,把你的心灵小木屋照得和平时一样明亮。

你那心灵小木屋的窗户还没有安装百叶帘吗？莫迟疑，快动手，赶紧把它装上！

从一个微笑开始

又是一年春柳绿。

春光烂漫,心里却丝丝忧郁绞缠,问依依垂柳,怎么办?

不要害怕开始,生活总把我们送到起点,勇敢些,请现出一个微笑,迎上前!

一些固有的格局打破了,现出一些个陌生的局面,对面是何人?周遭何冷然?心慌慌,真想退回到从前,但是日历不能倒翻,当一个人在自己的屋里,无妨对镜沉思,从现出一个微笑开始,让自信、自爱、自持从外向内,在心头凝结为坦然。

是的,眼前将会有更多的变故,更多的失落,更多的背叛,也会有更多的疑惑,更多的烦恼,更多的辛酸,但是我们带着心中的微笑,穿过世事的云烟,就可以沉着应变,努力耕耘,收获果实,并提升认知,强健心弦,迎向幸福的彼岸。

地球上的生灵中,唯有人会微笑,群体的微笑构筑和平,他人的微笑导致理解,自我的微笑则是心灵的净化剂。忘记微笑是一种严重的生命疾患,一个不会微笑的人可能拥有名誉、地位和金钱,却一定不会有内心的宁静和真正的幸福,他的生命中必有荫蔽的遗憾。

我们往往因成功而狂喜不已,或往往因挫折而痛不欲生,当然,开怀大笑与号啕大哭都是生命的自然悸动,然而我们千万不要将微笑遗忘,唯有微笑能使我们享受到生命底蕴的醇味,超越悲欢。

他人的微笑,真伪难辨,但即使是虚伪的微笑,也不必怒目相视,仍可报之以一粲;即使是阴冷的奸笑,也无妨还之以笑颜,微笑战斗,强似哀兵必胜,那微笑是给予对手的饱含怜悯的批判。

微笑毋需学习,生而俱会,然而微笑的能力却有可能退化,倘若一个人完全丧失了微笑的心绪,那么,他应该像防癌一样,赶快采取措施,甚至对镜自视,把心底的温柔、顾眷、自惜、自信丝丝缕缕拣拾回来,从一个最淡的微笑开始,重构自己灵魂的免疫系统,再次将胸臆拓宽。微笑吧!在每一个清晨,向着天边第一缕阳光;在每一个春天,面对着地上第一针新草;在每一个起点,遥望着也许还看不到的地平线……

相信吧,从一个微笑开始,那就离成功很近,离幸福不远!

青春的门槛

有一个青年,他想画一幅题为"青春的门槛"的画。他画了无数次,撕毁了无数次,久久地没有画成……

因为他心里淤塞着一团乱麻般的思绪,他怕迈出那青春的门槛,怕失去还没有享受够的青春……

是啊,青春的美好,不必详尽地铺陈,单单想到这一点便令人心醉——青春是一种特权!

"他还年轻!"这是人们对青春期中的红男绿女的一种覆盖面极宽的赦免。可以任由他们糊涂一点,马虎一点,浪漫一点,淘气一点,懒惰一点,疯狂一点……无妨犯一点错误,或者无妨耍一点脾气,肆无忌惮地笑,尽情尽兴地哭……因为他们正当青春,所以不要苛责他们!

"我还年轻!"这是自己对自己的一种几近于全面的谅解。以后的事情以后再想以后再谈。让世界只是一幅画,生活只是一首歌,理想只是朦胧的朝霞,事业只是远方的车站……因为我们正当青春,所以只管扭动欢快的舞步!

然而岁月匆匆,一个那样的日子终于来临——脚尖触到了门槛,青春的门槛!

抬头一望，门槛外面是一个惊心动魄的世界。

迈出那门槛，责任和义务将沉重地压到肩头；原来只觉得别扭而从未深究过的他人的目光，逼近面前，不得不认真地加以剖析；啊，人际关系如此这般错综复杂，而自己终于不能再加回避；没有人轻易对你谅解和宽宥，连自己也不能不对自己的一言一行一颦一笑细加反刍审评；感情世界竟也变得如此迷离扑朔，原来绝不能轻言友谊和爱情；道德是生活这个大鱼缸的玻璃外壁，原以为看似透明无妨穿游，却原来无比坚硬不许超越；世界不是一幅画而是一种复杂深奥的存在，生活不是一首歌而是一篇难以答好的考卷，理想必须明晰并切实做出抉择，事业是一趟已经开来不抓紧时间努力登上去便要迅即开走的列车……

啊，青春的门槛！

狂跳的心啊，你能不能平静些，告诉我，告诉我，能不能不迈将过去？怎样地迈将过去？……

你怎能不迈过那青春的门槛？那是无可回避的。世上有那样一种人，他年龄早已超过青春期，但心理结构和为人处事水平仍停留在青春门槛以内。这种人常常因不能适应社会、生活、他人而被视作低能儿，"缺心眼"、"二百五"、"十三点"、"大傻帽"……永远保持青春的活力是非常美好的，永远保持青春期的心理结构和为人处事水平，特别是超越青春期仍建立不起坚实的信仰、理想、道德观和事业心，那就不但不成其为美好，甚而要堕入丑陋和丑恶了！

你必须勇敢地迈过那青春的门槛！

当你脚尖触到青春的门槛时，你必须勇敢地失去青春！

只有丢失青春，才能换取成熟。

只有任仲春的劲风吹落花瓣，才能在骄阳中结出你青色的幼果。

怎样迈过那青春的门槛？

要义无返顾。青春诚美好,但青春必凋零。迈过去!敢于用你还不够坚实的肩膀,承受社会压上来的责任和义务;敢于面对波诡云谲的社会生活,敢于迎接微妙的眼神、莫测的心机与需要仔细破译的话语;敢于在感情世界里经受超越天真烂漫层次的严峻到甚至于痛彻肺腑的考验;敢于树立起宏大的理想目标;敢于以坚韧的毅力和奋发的进取开创出时代、祖国和人民所需要的业绩⋯⋯

要欢欣鼓舞。青春诚美好,但青春的门槛那边更奇妙。花儿落了,会有果实。最初的果实的确是苦涩的,甚至是丑陋的,然而果实比花朵更有价值,随着新的岁月中的奋斗,果实将逐渐硕大,逐渐饱满,逐渐光彩照人,逐渐果香四溢——青春如花,点缀得这个世界缤纷似锦,但主要是供于观看;青春后的生命如果,使这个世界变得滋养,并通过种子延续着人类的文明,它就不仅是供于观瞻而是创造出新的生命⋯⋯迈过青春的门槛,在失落的痛苦过后,又将获得多么大的快乐!预支一部分那至高的快乐吧,果断而敏捷地迈过青春的门槛!

有一个青年,他想画一幅题为"青春的门槛"的画。他画出了一个高耸的门洞,门洞这边是一个撑壁犹豫的青年,门洞外的强光勾勒出他的剪影,他正待迈出那门洞下的门槛却还缺乏最后的一束勇气——而门洞外是一眼望不清的缤纷世界,显得神秘莫测,令人胆怯心惊⋯⋯

他该怎样才能把这幅画儿画得更好?

年轻的朋友们啊,让我们一齐帮他来画!

只结一颗樱桃

去年在乡村书房窗外种了一棵樱桃树,今年初春开出了一些白中泛红的小花,回城多日,仲春时节去到那里,头一桩事就是看结没结出樱桃。我凑近细细检视了好一阵,才在枝腋间找到了豌豆般大的一颗青果,不禁大失所望。

虽说是"樱桃好吃树难栽",但今年只结出一颗樱桃这个事实,还是很让我伤感。记得去年栽这棵樱桃树时,我心中一直充溢着宏大而飘忽的思绪。想到华盛顿小时候乱砍樱桃树,受到训诫后发奋建立功业,后来终于成为美国第一届总统。还有契诃夫的剧本《樱桃园》,那里面的年轻人在砍伐樱桃树的叮锵声中告别了泛着霉味的旧生活。是宋人蒋捷的句子吧:年光惯会把人抛,红了樱桃,绿了芭蕉。樱桃成为春逝的标准符号。还有齐白石的画,画上是一盘鲜丽的樱桃。中国自古以女子的"樱桃小口"为美,记不清是清代谁的句子了:满巷人抛果,羊车欲去迟。那所抛的果子就是红樱桃。这里面暗喻着许多的女子在对一位潘安式的男子飞吻。还有前些年叶大鹰拍的那部电影《红樱桃》,镜头里的红樱桃又成了对一个特殊时空的情感载体。近年在国际影坛走红的一位伊朗导演还拍了一部《樱桃的滋味》,把对生死问题的哲学思考提升到了新的高度。樱桃真能引出非常丰富的联想。种下樱桃树以后我曾有过绮丽的梦,梦里有我面对满树肥硕的红樱桃搓手赞叹,以及将许多艳红的樱桃馈赠别人的镜头。

面对及眉的树上的那唯一的青樱桃,我有万念俱灰的念头从心底旋生。这是我步入老年、创造力萎缩的征兆吗?这颗青果,过些时候能膨鼓红艳地成熟吗?记得《红楼梦》里有"御园却被鸟衔出"的句子,一只小鸟通过叼走树上的一颗樱桃,即可减却皇家花园的春色,许多的小鸟都来衔果,则可以终结整个园林的生命力。我该如何守护这树上唯一的樱桃呢?若有一只鸟来把它衔走,那么,我今年岂不是粒果无收?

因为我的樱桃树只结了一颗樱桃,心烦意乱的我不能在书房里平静地读书写作,我走出村子,穿过田野,走了老远,最后不知怎么地走到了一个新开发的小区的边上,那里有个超市,我曾骑车去那里买过日用品。因为并不想买什么东西,那天我没进超市里面,只是在它周围漫无目的地踱来踱去。于是我发现超市一侧新设立了三个颜色不同的并列的新垃圾桶。忽然有招呼我的声音,定睛一看,是平时在温榆河边散步时常碰见的离休干部老乔。我们互问:"您到这儿做什么?"我忍不住就抢着把自己因为树上只结了一颗樱桃而沮丧的事情说了。这时来了个扔垃圾的中年男子,老乔迎上去,蔼然地指导那人按分类规则往桶里扔,那人并不领情,嫌老乔多事,老乔也不生气,还是耐心地跟他讲垃圾分类的意义。后来又有两位妇女来,她们问为什么废电池还要另扔一处?老乔就跟她们讲明道理。等没人来扔垃圾了,老乔对我说:"能结一颗樱桃,那很好呀!我原来也是满腔的雄心壮志,恨不能拼力做下一万件事,而且都是大事,而且还希望毕其功于一役……现在我却觉得,无妨从最小的事情做起,而且要非常耐心地去做,也不指望一做就有终极性的效果。我就好比是只结一颗樱桃的老树。今年我给自己定下的目标,就是这么一个:在小区里义务为垃圾分类回收做宣传监督工作。如果到今年年底,小区的垃圾分类回收能够坚持下来,而且养成分类抛扔习惯的人数有所增多,那我的这颗樱桃就算红熟甜美了啊……"我正沉吟,老乔拍拍我肩膀说:"干吗那么满脸愁云?你那樱桃树还年轻,只要你好好养护,樱桃只会是一年比一年结得多的呀!"

返回书房的路上,我脸上的愁云一定在迅疾地消散,我感觉到春阳泻落到了心湖,思绪的波纹玫瑰开绽般漾动。我走到自己的樱桃树前,弯下腰细看那颗还是青色的小果子,琢磨着,我该怎样从浮躁中警醒过来,从小事做起,为自己所置身的社区,哪怕只是兢兢业业地结出一颗红润鲜丽的樱桃来……

有杯咖啡永远热

因为城里家事繁冗，多日未到乡间书房，那天抽空去了，还没走拢，就发现书房外的小花园呈现荒芜状态，灌木长疯了，玉兰树被牵牛花藤缠绕，野草丛生，仿佛提醒我今夏雨水是如何丰沛。

走拢栅栏，吃惊不小。实际是我让里面的一个生命吃一大惊。那是一只猫。它吃惊，是因为不曾想我的出现。我吃惊，倒不是因为在意野猫进入我的小花园，而是瞬间以为那是一种灵异现象——难道，狸狸竟然复活了吗？

我家两只爱猫，一只纯白蓝眼长毛波斯猫、一只脸部和前后身花狸其余部分纯白的短毛猫，前者名睛睛，后者名狸狸，前些年相继去世后，都以锦匣葬在了这小花园里。眼前的这只警惕地趴伏着瞪视我的花狸猫，酷似狸狸啊！它怎么不马上跑开呢？啊，明白了——我发现它身后有四只小猫，显然，那是它的子女，大概还没断奶，作为一个母亲，它不能丢下小猫自己逃开。我更加吃惊，因为那几只小猫，两只纯白，一只浑身花狸，一只与母亲相同是身上除了花狸毛还有纯白部分。这就说明，它们的父亲，应该是一只纯白的公猫。呀，难道睛睛和狸狸全都复活，而且婚配，在此产下了后代吗？

我蹑手蹑脚离开小花园，绕到另一面进入书房，立即往城里打电话,告诉老伴所看到的异象,她激动不已:"你怎么光看到狸狸?睛睛呢?"我跟她说:"我们的睛睛狸狸应该还都在地下安息,你别忘了,它们都是公猫。一定是有只酷似睛睛的公猫,跟这酷似狸狸的雌猫,生下了四个宝宝,而公猫对小猫不负责任,早不知跑到哪里去了,只剩下猫妈妈带着猫宝宝在那小花园里安家。不过,巧合得实在神秘!"老伴感叹之余,立即给我几条指示:"不要吓走它们!不要清理花园!立刻去给它们准备猫窝、猫粮和饮水盆!"我很快一一落实,可喜的是猫妈妈看出我的善意,没有带着猫宝宝转移。

入夜,我从窗隙朝外望,不见小猫,但猫妈妈在吃猫粮,心中祈盼它们能长久在花园中定居。用音响放送出柔曼的曲调,我在落地灯光圈里翻阅女作家苏葵寄给我的散文集。苏葵多次到世界各地"自由行",我非常羡慕,"自由行"需要一定的经济条件以及兴致和体力自不必说,最好还具有外语对话的能力,苏葵不仅这几个条件全都具备,还有一颗敏感的心和一支绣花针似的笔,我最欣赏她抛开一般游记介绍名胜古迹或作些中外对比的套路,而从"凡景""琐事"里勾勒出人情之美的那些细腻舒缓的文字,比如她写到佛罗伦萨小巷中一对老人牵手同行停下轻吻的场景,感悟人生中"相依"的易与不易。苏葵把这个集子命名为《咖啡凉了》,在最后一篇文章里对世道速变发出惆怅的喟叹,我虽有所共鸣,却不由得产生了逆向思维。

我在灯下想到窗外"复活的狸狸",想到狸狸的来历。二十一年前,我遭遇人生中最大挫折,这挫折被中央电视台新闻联播以一条"刚刚收到的消息"向全世界昭示,并且刊登在第二天所有报纸的头版。我作为主编为杂志惹的祸理应担负全责。确实有许多杯咖啡立马凉了,甚至凉咖啡也拿走了。这很正常,不应抱怨。但就在这样的时刻,有杯热咖啡送到了我的眼前:同事带来一个纸盒,说是杨学仪师傅送给我的,纸盒里是一只幼猫,后来被取名狸狸。杨师傅知道我爱猫,知道我在遭遇挫折后因为心烦意乱,家里走失了爱猫,他就用送猫来表达他那热辣辣的安慰。

那时杨师傅已因病休养。他在杂志社为主编开车,几年里是越开主编年龄越小,先是接送李季,那时候六十多岁,比他大,后来是王蒙,五十出头,比他小,到我坐进车里时,他奔六十而我只有四十四岁,开始我们俩都感到尴尬。他为王蒙开车时,西服革履十分气派,而那时的王蒙穿着还很随便,有时到了某场合,他下了车,人家就簇拥上去把他当主编往里迎,他忙摆手指向王蒙,竟还有人坚持觉得他就是王蒙而在幽默。我不记得是在哪一天,经过我们双方努力,杨师傅跟我说:"咱爷俩可以交朋友了。"他竟为惹了祸的朋友送来了无言的温暖。那以后没几年杨师傅因病去世。

世事多变,咖啡会凉,但有一杯咖啡永远是热的,那里面满盛超越世态炎凉的宽厚与善意。

给心房下一场雪

人生途程,难免遭遇干旱,有炎夏的干旱,也有冷冬的干旱,相比而言,冬旱更令人气闷,会导致心房里淤塞着猬刺般的焦虑,这时候,你该自觉地,给自己心房下一场雪。

是的,人们都在说,现在进入了一个竞争的年代,每个人都该不畏竞争,勇于投入竞争,争取在竞争里成为赢家,跻身于所谓"成功人士"行列——这些话并没有说错,但说得并不全面,并不准确。全面而准确的说法,应该在强调竞争、奖励赢家的同时,还必须强调要建立起保障并非因为违反了竞争规则,而成为弱者、输家的那些社会成员也能获得为人的尊严,并享有社会财富基本配额的权利。这是在竞争的旱季里,整个社会应该落下的透雨、飘飞的瑞雪。

但我们自己,不能只是消极地等待社会的雨雪,我们自己,要在心房里给自己下一场雪。那飘飞的雪花,以自知之明凝成,也就是,不要对自己苛求,不必在竞争中给自己定下那么高难的名次指标,需深深地懂得,冠军、亚军、季军固然可喜可贺,能跻身前八名也相当荣耀,而能在前一百名里,亦足可自豪;就是仅仅及格,只要自己尽了心努了力,也无妨为自己干上一杯!

那心房里的雪花,如自然界的雪花一样,营造出一个洁白的世界,去掉忌妒,摒弃狭隘,对他人的成功,只要那确是其努力的成果、才智的发挥,即使不必为之鼓掌欢呼,也大可一旁为其高兴。深知这世界不可能人人第一,个个拔尖,不可能一律成功,不可能统统获得等量的财富与名声,差别是永远存在的,层次是难以抹平的,我们所应感到义愤填膺、坚决反对的,是不在一个起跑线上开跑,是竞争规则的不合理,是竞争过程里的不公平裁决,是暗箱操作、违规乱来,而并不是冲过终点线有先有后,以及社会对先到者的奖励。这样的心房雪花,能使我们化解掉因落后而生出的焦虑,使我们经过一段拼搏后,能接受呈现于前的、不那么令我们满意的现实处境。

  人生对于我们,只有一次。个体生命不能脱离群体而生存,而群体共存的较佳规则,是公平竞争,这是我们应该认同并投身其中的,人类的文明积累,也因此而日渐丰厚;但我们生存的意义并不仅仅局限于此,我们还应自觉地享受群体竞争之外的人生乐趣,那是超越名次地位,超越学历职称,超越金钱财富,超越所谓成功与失败的界定,超越他人的评价,并且也超越自我评估的。那至为宝贵的,属于自己的人生乐趣之一,也便是给自己的心房来一场白蝶飞舞般的瑞雪,那些雪花可能是亲情、友情、爱情的回味,可能是童年往事的追忆,可以是生命历程中许多琐屑却璀璨的闪光点,可以是唯有你自知自明,或者竟暧昧莫名的某些隐秘情愫……

  不要喟叹人生途程中遭逢冬旱,快,快在自己心房里下一场滋润生命的瑞雪吧!

我的心理保健操

我把自己城内的居处称作"绿叶居"。居室里的巴西木和大叶绿萝都表明了我对绿叶的偏爱。早在一九七九年,我就写过一个短篇,叫《我爱每一片绿叶》。爱叶之心,至今不变。

我一般在晚上十点开始写作,在优美的古典音乐之中,一直写到次日凌晨四点左右结束。中午起来吃一顿早、午合餐,下午读书、看报、会客,晚餐的菜肴比较丰盛,在温馨的烛光里,合家团聚,其乐融融。

我之所以能够精力充沛地在文学中辛勤耕耘,其重要原因就是加强了心理保健。关于自己的心理保健,我有六套"心理保健操"。

列表化解操:心乱时,在一张纸上先写一行大字"我为什么心乱"。然后列出三栏,分别写出"最烦心的事""次之的事""小事",列好后,从"小事"开始逐项化解,凡大体可以化解的,都用红笔划去;剩下的,自然要认真对付,一时虽化解不了,但由于心绪经过一番梳理,也就坦然多了。

自寻小乐趣操:遇无聊提不起神来做正事时,就先找些有趣的小事来做,例如用湿棉花球给所养的盆栽植物洗涤叶面之类。在琐屑的小乐趣中,无聊感便渐渐消失,于是恢复了做正事的兴致。

回忆美景操：心里淤着浊气时，就到沙发或床上取最舒适的姿势，在轻柔的乐曲声中，闭目冥想，让名山大川的美妙镜头重新在脑海中浮现，一幕幕的美景，犹如熨心的拂尘，能将淤积沌塞的浊气涤尽。

无损害宣泄操：心中窝着一团恶气，搞不好会爆发时，可将平时准备好的废纸使劲撕扯，或选择适当地点将已破损的旧瓷盘之类砸碎，同时，口中念念有词，或哼唱"怒发冲冠，凭栏处，潇潇雨歇……"

自嘲操：因扬扬得意而心理状态发生偏斜时，须作一点自嘲，做法多种，有一种叫"对镜自嘲"——"你有什么了不起？升天了吗？咦，瞅你乐的！你前头的困难还多着呢……"人在自嘲中，失去的只是虚荣，获得的却是清醒。

走向混沌操：借从维熙大作《走向混沌》的名字，表达非良性的心理状态转化为良性的意思。在过分清醒得小肚鸡肠时，便用此操加以调整。有一法为拿起一本唐诗宋词，随手翻开，目过口诵，摇头摆脑，以抹去萦绕于心头的那些过于细腻的算计。

正因为有这样的心理保健，加之日常的散步锻炼，我虽年过花甲，依旧笔耕不辍，在城内的"绿叶居"和郊野的"温榆斋"中，双手敲击键盘嗒嗒有声，怡然自得。

人情似纸

不要续上一个"薄"字。不是那意思。

把许多复杂的事物归结为一个简单意思的时代已经过去。

但离开了简单的归结,许多人又不知如何面对复杂。其实,从来都复杂。难道从前不复杂吗?也许,从前无论如何不如今天这般复杂。但细想,从前也复杂。

提心吊胆地说真话那阵,说了那么多。毋庸提心吊胆便可倾吐真话这阵,却什么也懒得说。

我曾到那间小屋子去看他。其实根本不是一间小屋子。只有门,没有窗,甚至没有透气孔,因此,人进去以后便必须把门敞着。那是个储藏室。空间极狭小。气息极窒闷。但我们交流得很畅快。至少我这方面是这样想。有的话还得压低嗓门。眼波的流动中也有许多的情谊。但现在他有了二十、三十倍大的空间,许多的门许多的窗,门紧闭着,窗半开着,"硬件"好,"软件"更棒,我却不去迈进那门槛。他也不来请我迈进那门槛。似乎也并没有什么过不去的地方。只是不再有那么多的情感了。淡了,薄了,甚至弥散了。

据说人情似纸的"纸"现在不是"秀才人情纸半张"的那"纸",而是赵公元帅笔下的那"纸",即通货。由"官本位"向"金本位"转化,值得欢迎。但我更渴望"人本位""情本位"。社会的物质繁荣据说必须付出精神沦丧的代价。又据说落伍者看来是精神沦丧,而先锋眼中却是可喜的精神瓦解,但先锋们犹未能指出旧精神瓦解后应运诞生的新精神究竟是什么,有的先锋中的先锋则说只需瓦解无须重构:"凤凰涅槃"是可笑的,凤凰只应焚毁,何必重生?

我却仍愿抓住一点自认是永恒的东西,哪怕只有游丝般微弱。那永恒的东西里就有人情,似纸的人情。纸很薄,却可以写情书,写诗,写温情的句子,写必要的问候,当然还可以画画儿,可以折成一只小船,放到小溪里,任其顺细碎的波浪旋转着飘向远方。

转眼一年整了。一年多以前正在美国,记得到纽约的头一天,傍晚时分,曼哈顿万家灯火中,也有了我小小的一盏。在简单而舒适的下榻处,桌上有小小的花瓶,小小的花束,还有小小的卡片,卡片上写着温暖的句子。人情似卡片吗?我却自从去冬以后,再没给留下卡片的人寄去哪怕是一张薄薄的纸。我总埋怨着别人的情在淡在薄在弥散,自己呢?从别人的眼中看到,该也吃了一惊吧,怎么会变成了这样?比以前冷,比以前硬,比以前懒,却比以前更会为自己辩解。

以前的时代,人情或许似醍醐,厚重黏稠?如今是人被纷至沓来的信息和事务碾扁熨平的时代,人情随之也轻薄寡淡了,人更多地依靠内心的支撑而更少希冀心外的扶持。人类在进步而人情在萎缩。真的吗?

也许是因为现在"移情"的条件好多了,可以移向唱片,移向真古董和假古董,移向需要每天饲食的猫、鸟、鱼、兔,移向需要浇水剪枝施肥换盆的花草,移向小小的邮票,移向书报,总之可以更彻底地从活生生的人面前移开去。最省事的"雅移"法是寄情山水,最省事的"俗移"法则是坐到打开的电视机前剥食着花生米不分节目好赖地一直看到荧屏上现出"再见"的字样。

但心中仍不免时时逸出一丝两丝一缕几缕一片几片的对活生生的人的沟通欲望，化为思念，化为莫可名状的思绪，最后可能就拽过一张纸来，想在上面写一些情，一些别人可能并不呼应并不需要的字、词、句和标点符号……人情确确实实就是一张纸。

　　当我从淡薄中想起人家时，人家或许正从残存的印象中摆脱出去而正在忘却我。曼哈顿的灯火呵，哪一盏下面尚有关于我的一缕思绪？

第三辑 给心房下一场雪

快把好话说出口

妻子梳妆完毕,转过身来时,你感觉她很鲜丽,你想赞美一句。可是你怕显得肉麻,你怕妻子不领情,于是你用诸如"'老夫老妻'了,不必再来这个""我就是不说,她也不会不高兴"等等"逻辑"把你的喉咙栓塞上,你终于没说……

同事获得一项荣誉,你深知那确实是他长期努力的结果,你想对他说:"这是实至名归……"可是你怕别人认为你是虚伪的奉承,也怕那同事并不需要你这样一个平常人的祝贺,于是,话都涌到喉咙口了,你竟又吞了下去……

下属工作出色,你对他的表现很满意,你真想好好地表扬他一番,可是,你怕他听了"翘尾巴",怕从此失去应有的威严,于是,你克制住自己,只是按部就班地向他布置下一个任务。

上司确实有魄力,处理问题正确果断,而且作风正派、身先士卒,你很想在共同享用工作餐时把大家对他的好评,包括你的肯定,直接告诉他,但是你怕这会被他视为别有用心,怕别的同事视你为"拍马屁",更怕这会丧失了自我尊严,于是,你将话咽了回去。

在楼门口遇上邻居全家,老少三辈,全体出动,是去附近的小饭馆聚餐,看到他们那和谐喜悦的情形,你想跟他们说几句祝福的话,可是你想到人家平时并没有跟自己家说过什么吉利话,又觉得此时此刻人家也许并不会珍视你的友好表示,于是你只是侧身让他们一家走过,轻轻地咳嗽了几声……

在商场购物,你遇上一位服务态度确实非常好的售货员,当她将你购妥的商品装进漂亮的塑料袋,亲切地递到你手中时,你本想不仅说一声"谢谢",而且再加上几句鼓励的话,可是到头来你还是没说,因为你想着"我是'上帝',她本应如此""反正总会有别的顾客表扬她"……

在研讨会上,遇上了你长期的对手,你们的观点总是针尖麦芒般互斥,然而这回他的发言,尽管你仍然不能苟同他的论述,可是他那认真探索的精神,自成逻辑的推衍,抑扬顿挫流畅自如的宣讲,实在令你不能不佩服他的功力。在会议休息饮茶时,你真想走过去跟他说:"虽然我不能同意你的观点,可是我的的确确愿意为了维护你的表达权,而做出最大的努力……"你都走到他跟前了,却又忽然觉得说这种话会徒招误会,而且,你觉得这也实在并不是什么新鲜的话语,于是你开了口,没吐出这样的话,却挤出几句咄咄逼人的"语带双关"的酸话。

你错了!都错了!当你面对他人,心头涌现了非自我功利目的、自然亲切、朴素厚实的好话时,你不要犹豫,不要迟疑,不要退却,不要扭曲,你要快把好话说出口!只要你确实由衷而发,确实不求回报,确实充满善意,确实扪心无愧,你就大大方方、清清楚楚地把你那好话说出来,即使遇上了"狗咬吕洞宾"的情形,"好心换了个驴肝肺",你也并无所失,因为你焕发着人性善的光辉,你把好话给予别人,即使是你的亲人,那也是必要的播种。善意、爱意、亲和意向的种子,一般来说,这世上的绝大多数人,是会接受的,这种子落在他们的心田,多半会生出根、发出芽、开出花、结出果……这世界上除了少数无可救药的恶人,都需要出自真心的好话的滋育!想想你自己吧,即使你是那样地坚强,那样地能甘寂寞,那样地不惧怕恶言恶语,到头来,你也还是需要来自他人的好言好语……

当然,善意的批评,恨铁不成钢的讽刺,乃至于义正词严的训斥,也可以视为广义上的好话;并且,对民族公敌,对贪官污吏,对社会渣滓,不存在着对他们说好话的问题,至于腹藏剑而口涂蜜,阿谀奉承,巧言取利,甜语凑趣……自然不能算是真正的好话。不过这都不包括在我议论的范畴内。我仍要强调,即使是日日"司空见惯",已被柴米油盐酱醋茶消磨了浪漫的夫妻,如果在一霎间忽有好话涌上心头,你赶快把它说出口,不仅绝不多余,甚至会成为携手共度岁月的重要黏合剂!

人与人之间需要好话。非自我功利目的的好话,在这个世界上不是多了,而是还很缺乏。现在那清爽自然如同甘泉的好话涌上了你的心头吗?请你快快说出口!

给心房下一场雪

眼角眉梢

看人要看眼角眉梢,最早是母亲告诉我的。第一回也并非直接告诉我,那一年我还在上小学,姐姐已经上到高中,她约了几个同学来家里玩,有男生也有女生,我混在他们中间厮闹,非常快活。当中去了趟厨房,只见妈妈正在那里跟爸爸说话,爸爸对妈妈前面说的话似乎不以为然,妈妈就把姐姐的小名和一位男生的外号并提,对爸爸说:"别看他们总隔着几个同学……唉,看人要看眼角眉梢啊……我真有点担心!"爸爸进屋以后是否特别地去观察了姐姐和那位男生的眼角眉梢,我不得而知。我回到姐姐他们中间以后,特别注意了一番,无甚收获,后来就玩笑一处,把这事淡忘了。

上到初中以后,爱上了文学,于是发现,诗人也好,散文家、小说家也好,经常地要写到人物眼角眉梢的动静,甚至剧本的提示部分,也会特意地说明"眉尖一颤,眼珠一斜"。姐姐阅读文学书籍领先于我,那时已经上了大学,暑假回家,我就把这眼角眉梢的问题提出来讨论,姐弟至亲,无所避忌。我就连她高中时的眉目传情事也举例其中,姐姐笑道,现在若你见到我们聚在一起,那眼角眉梢造出的句子肯定不一样了,人就是这么在社会上生活,心里意思,脸色上不想显露,面部肌肉容易控制,但眼角眉梢很难驾驭,一不留神,就终于还是会逗漏出来。姐姐悟性虽高,但那时所悟,多半还是来自书本启发,真到了漫长的生活实践里,她仍多有未能衡出眉眼高低的失误。

"文革"期间,父母所在的一所外地部队学院也闹翻了天,后来更酿成激烈的武斗,父母只好逃到北京避难。我那时虽然已经在中学工作,还没成家,住的集体宿舍,学校里乱成一锅粥,自身难保,无力安顿父母。父母暂住姐姐家,但姐姐家也在部队大院,虽未武斗,气氛也很险恶。那天我陪父母上街,忽然与父母一位老朋友两口子邂逅,惊呼热中肠后,大家移到远离人群的树荫下说话。我看他们对父母友情依旧,便忍不住提出,因为我和姐姐那么个具体情况,可否由他们收留父母一时?他们连说可以可以呀,我正吁出口气来,母亲却坚决地谢辞,父亲也说我姐姐那里还好,而且也不想多留,只要得到他们学院宿舍恢复水电的消息,也就马上回去。和那对伯伯伯母分手后,母亲认真地对我说:"你怎么看人还不懂得看眼角眉梢?"她指出,人家心里确实想收留他们,但眼角眉梢流露出许多的难处,这种年月,怎能给人添非同小可的麻烦?

从那以后,人际交往中,看人看眼角眉梢成了我的习惯。特别是社会转型之后,纯真渐罕,人性深处的东西上蹿,作为社会人,大多有了更多的可资倒换的面具,或具有所谓不动声色的超级定力静气,人际交往中礼数掩蔽真意、客套包藏二心,衡人表面已难,遑论知心。这也未必是世风日下吧。这样的人际交往,有利于保护各自隐私,有利于把法律法规合同契约置于情感之上,有利于按游戏规则谋求利益的最大化、避免一念之善所引来的依赖或一念之差带来的损失。但是,无论如何,绝大多数人,仍不免在瞬间里,通过眼角眉梢,把心中隐秘的情愫泄露出来。眼角的一星泪光,眉梢的一霎轻颤,往往胜过宣言檄文。就我自己来说,不怕从眼角眉梢道出肢体语言、面目肌肉表情和一般话语难以表述、难以尽述的心灵隐语，令人感受回味；就他人来说，那眼角眉梢有意无意所传递出的信息，是我读人世大书最好的钥匙，读懂了别去点破，悟在心中，常常反刍，可作滋灵补品。

万事开头易

那一年我十四岁,忽然想当作家,怎么个当法呢?给文学类刊物以及报纸副刊投稿呗,我把家里吃饭的八仙桌上的凉水瓶推开,铺开了稿纸,写起了小说。我把少先队到香山过队日,发生过的一桩真事加以变化,写当队旗不慎掉到山崖上的松树上时,几个队员的不同表现。一连三天,在做完功课后写它,竟很顺利地写成了。于是装进信封,在右上角写明"邮资总付",第四天上学的路上,投给了《少年文艺》杂志。这篇小说虽然被退稿,却使我尝到了"开头"的乐趣,把自己的心愿付诸实践,实在并不如想象的那么艰难。

那一年我十七岁,忽然想当话剧导演,怎么个当法呢?去投考中央戏剧学院导演系呗,我大摇大摆地去了,从数百名考生中,居然闯进了仅剩十来个人的最后一轮复试,毫不脸红地朗诵了鲁迅的《狂人日记》,还演了一个小品。尽管到头来还是被刷了下来,至今并不后悔,毕竟我想做就去做,勇于"开头"。

那一年我十九岁,被分配到北京十三中(原辅仁中学)那样一所颇有名气的中学去任教,而且一去就教初二。初二的学生一般是十五岁,听说我只比他们大四岁,一些亲友同仁都为我捏把汗,怎么压得住阵脚啊!可是我拿脚一迈,也就迈进了教室的门槛,第一堂课,居然平平安安地支撑到下课铃响,"开头"还是并不难。

这就是我的人生经验:万事开头易。至少是,万事开头并不一定都像人们告诫你的那么艰难。关键是你要勇于实践。后来我遇见过不少的人,他们有着这样那样的向往,也往往具备实现那个心愿的至少是部分的条件,机遇就在他们眼前,障碍也很有限,可是他们总觉得万事开头难,犹犹豫豫,优柔寡断,畏首畏尾,裹足不前,其最好的结果,也无非是述而不作。他们徒白了少年头,一生总是任由外在的波流挟载而行,甚至到了老年,离退休了,一些积淀多年的欲望上扬起来,比如想弹钢琴,欲粉墨登场,想写小说,欲割双眼皮美容……实现这些欲望的钱也有了,闲也有了,可是,还是开不了头,"这么大年纪学弹琴,不让人笑话吗?""七老八十,装扮出来自己照镜子不也得吓一大跳?""小说是那么好写的吗?也没经过正规训练!""满头白发跨进美容院?纵有那个心,哪来那个胆!"……所剩不多的时日在分分秒秒地消逝,他们人还在,心不死,可就是"开不了那个头"——其实,只要冲决心理上那么多的堤防,开头有什么难?你只要去做就是了!

对于年轻人来说,更应确立万事开头易的信念。要知道,"万事开头难"的"老人言",多半只适用于对已然有所发端的事情的回忆,是一种"后怕"式的自我肯定与"给历史定位"的欣喜之言。

实在也并不是想否认凡做事都有难为的一面。开头当然有开头那特定的难为之处。不过,经的事多了,对比之下,就觉得同开过头之后的、持续发展中的难处相比较,伸脚迈出第一步,还是容易一些。

改革、开放的开头难不难?其实,很多打头阵的人,那时就是凭着一股正义之勇,并没想得那么四角周全,便实践上了。后来遇到种种复杂情况,要坚持下去,实在是更其艰难。

打头搞乡镇企业的、打头搞民间跨国以货换货的、打头搞高科技股份公司的、打头炒股的……一直到打头在文学上写朦胧诗、在小说中引进意识流手法和文本颠覆、打头搞行为艺术和拍摄能在西方A级电影节夺魁的影片、打头使用气声唱法演唱流行歌曲和搞摇滚的……回想起来,那"开头一脚"甚至是在不知深浅的情形下踢出去的。最难的是什么?是往下健康发展,是不畸变、不失足、不沉沦、不被湮灭、不被遗忘、不落伍、不停步,并直到如今还保持可持续发展的实力。这就是说,即使开头确实也难,但从战略上把开头想得容易一些,建立一种"开头容易持续艰难"的心理定式,对年轻人来说,有利于心性的成熟,对于成年人来说,有利于在环境的变化中加强自我调适的能力。要时时提醒自己:考取易,学成难;出道易,保旺难;轰动易,常在难;断裂易,建树难;起跑易,夺锦难;转轨易,运行难……

但我说万事开头易的初衷,倒还不是为了提倡一种逆向思维。二〇〇〇年是一条新的起跑线,人人都面临着一个重新开头的局面,我自然不例外。有很熟的人在我耳边念叨这新世纪之新,总而言之,以往的那些经验都不顶事了,仅就文学而言,让他那么一形容,缺乏自信心的人真要吓个半死,尤其是,我无论在年龄、体力、记忆力等方面,都失却了优势,听他那个危言,真是别写了,干脆抱惭跳楼算了!可是我不听他那一套,我心中既然还跃动着饱满的写作欲望,而且也确实还有许多积累下的素材没有写尽,更何况我新的生命体验还在爆出灵感的火花,那么,我就要兴致勃勃地重打鼓、另开张,写将起来——现在我不是拿笔在稿纸上写,是用键盘往电脑里敲,形式不同而心态依旧:万事开头易,不易也当作易。总之要行动,要实践,要述而有作,甚至可以不述而作,作,作,作,只问耕耘,暂忘收获。

当然,一条自设的鞭子在身后叱策——坚守认定的理念、选定的站位、清白的人格,保持创新的锐气和勇进的激情!在这自己生命不可能再将其跨越的新世纪里,除了分秒必争、知难而进,还能指望什么!

别怕崴泥

崴泥是北方话,不过南方人从字面上一看也能懂。崴泥就是陷在了烂泥潭里,比喻遇到了麻烦事,不好解决,处境尴尬,颇为狼狈。这是我们每个人在生命途程中,都难以避免遇到的一种状态。有的青年朋友会说,那不就是遇到困难的意思吗?你非说什么崴泥,是不是有"转文"之嫌?遇到困难的情形很多,比如一下子有两个机构都愿意录用你,两个机构对你来说各有长短,使你一时拿不定主意,这类的困难就与崴泥不同。我之所以说崴泥,是专指那种确实让你不慎当中陷入泥潭,滚出了一身泥巴,那种类型的困难。

崴泥时的狼狈,一是难以拔出,二是形象不雅。如何从泥潭中自拔,或求助外力跃出泥潭,这里先不讨论。崴泥时,旁观者当中,多半会有对你嘲笑的,乃至幸灾乐祸的,这是最伤自尊心、最难对付的。性格敏感的人,不要说受不了旁人的拍手称快,就是看见有人转过头去掩嘴嗤笑,心理上也难以承受。有的人崴泥后久久不能从泥潭里挣扎出来,克服具体困难的方法对不对、技巧高不高倒在其次,他主要是觉得丢了面子,痛不欲生,很多的时间和精力,特别是情感和意识,都用到自怨自艾和怨天尤人上去了。

所以当你崴泥时,除了具体的走出泥潭的方法和技巧以外,还有一个如何对待旁人的非良性反应乃至干脆是恶意反应的心理调适问题。法国哲学家萨特,他提倡"存在主义",那思路是干脆把自己以外的人都"看透",他有句名言:"他人是地狱。"就是说别人反正都是对你充满恶意的,你崴泥时是绝不会怜惜你的,所以你根本就用不着从别人那里去谋求同情和援助。这样去想,倒也能让人心冷如铁,只当没有别人存在,自己把自己的事处理好就成。但其实萨特的哲学观也不是那么简单明了的,而且依我个人的生命体验,这个世界上的个人与他人的关系,也还不是那么令人悲观的。我的思路是,崴泥后遇到幸灾乐祸或嘲弄嗤笑者,只要他不是在落井下石(或者说"落潭填泥"),那就无妨参考萨特的说法,抱着"人性中确有恶存在,这种反应不足为奇,不用理他,更无须生气"的态度,一瞥之后,简直连眼珠也不用再朝那些人转过去,并且在拔出泥潭,处境大为好转之后,也不要与之"理论",更不应施以报复。当然,那时他们当中或许又会有人来给你捧场喝彩、阿谀凑趣,你也绝不要接受,淡淡地应付一下足矣。我还认为,崴泥时,完全没有人对你同情、关心、怜惜乃至为你焦虑,没有人愿意并实际地来多多少少援助你一把的情形,是很少有的,因此你要善于珍惜他人的哪怕只是淡淡的善意,从中汲取力量,并以此来抵消那些恶性反应对你的刺激,以利自己尽快摆脱困境。

别怕崴泥。崴泥以后,自爱、自强、自尊、自立,加上善意待你的人的鼓励,还有整个社会人文环境中所有良性因素所构成的托举力作为后盾,你是一定能"柳暗花明又一村"的!

微笑无价

两次去巴黎，都往卢浮宫参观。庞大的卢浮宫里存有数千件艺术品，最招惹人的是两件：一件是古希腊圆雕"米洛的维纳斯"，那断臂仙女的形象经过无数次复制，已早为中国人所熟悉；另一件是意大利文艺复兴巨擘列奥纳多·达·芬奇的油画《蒙娜丽莎》，我们中国许许多多的印刷品中都有这幅名画出现，近年来的彩印大挂历中也常收入，所以人们熟悉的程度，不下于"米洛的维纳斯"。

《蒙娜丽莎》一画最突出的成就，就是画出了一个无比神秘的微笑。那画上所画的妇人，原是当时佛罗伦萨皮货商乔贡达的妻子，这位妻子比丈夫小很多岁，当时不过二十三四，尽管生活十分富裕，社会地位也挺高（他丈夫已当上当时佛罗伦萨长老会的议员），但她内心显然是并不感到幸福的，何况在进入达·芬奇画室前，她刚刚失去了一个幼子，其忧伤郁闷更过平常，传说为逗出这位模特儿的微笑，每当她到画室中来时，达·芬奇总要想些出奇的办法，如请马戏团小丑来翻筋斗说笑话，让小乐队演奏谐谑曲，乃至自己亲手弹奏小竖琴等等，终于引出了这位少妇的莞尔一笑。"蒙娜"在意大利语中是贵妇人的意思，她本名丽莎，所以最后这幅画就命名为《蒙娜丽莎》。这幅画之所以蜚声世界，并非偶然。达·芬奇把一位坦率面对命运的女性表现得栩栩如生，她那浅浅的微笑，你可以理解为对幸福的渴望；也可以理解为对人间不幸的怜悯；还可以理解为忧郁达于顶点后的超脱；或理解为人在强大的不可知力量面前的无能为力；更有理解为对人性的思索与领悟的……总之，自从这幅画陈列在卢浮宫以后，千千万万的参观者在它面前流连时，对那微笑都有过自己独特的感受和联想，《蒙娜丽莎》的魅力，真是历久不衰，并随时间的推移而愈见浓酽。

《蒙娜丽莎》不仅是卢浮宫的无价之宝，也是全人类的无价之宝。因为它的名贵，所以也曾几次遭到偷窃。一九一一年，此画被盗，好奇或愤怒的人纷纷跑到卢浮宫，惋惜地去观看原来挂画时的那片空墙，据统计，两年中去看空墙的人竟比过去十二年中来欣赏这幅名画的多上一倍！可庆幸的是《蒙娜丽莎》终于回到了它原有的位置上，现在卢浮宫已将它罩在特殊的钢化玻璃罩中，恒温恒湿并有电脑控制的防盗装置，以保证那伟大的微笑永恒存在。

最近我阅读了不少关于意大利文艺复兴运动的书籍，了解到更多有关列奥纳多·达·芬奇创作生涯的情况。他绘制《蒙娜丽莎》一画当在一五〇三年左右开始，直至一五一九年他在法国去世，这幅画仍留在他床边，算是一幅一直画到最后一口气的遗世之作。一五〇三年左右，达·芬奇从米兰回到故乡佛罗伦萨，当时佛罗伦萨的长老会议聘请他为长老会议事厅创作大型壁画《安加利之战》，给了九千佛罗琳（货币名）的酬金，当时拥有一千个佛罗琳的人已可称为富翁了，可见那酬金是非常之高的，但达·芬奇对绘制肉搏厮杀的战争场面始终不能倾注出全部兴趣，最后他并未完成那幅《安加利之战》，倒是以更多的心血在自家的画室中精心绘制着《蒙娜丽莎》，后来由于皮货商带着妻子暂离佛罗伦萨期间，年轻的妻子在外地竟染疾而亡，皮货商就再没有来取这幅画，因此也就没有付给达·芬奇一个佛罗琳，然而达·芬奇在模特儿去世后仍坚持用原来积累的素描资料和心灵中的印象感应，孜孜不倦地修改着这幅油画。除了那神秘的微笑成为千古名笑外，画上《蒙娜丽莎》不带钏镯戒指的右手也为世人所称道，认为是"世上第一手"，画得不仅有丰满红润圆实的生命感，而且在轻倚左手的动态中惟妙惟肖地传达出了一种心灵经过剧烈搏击后的超越与怡静；还有画上人物的背景处理，使用了达·芬奇本人独创的"薄雾法"，把佛罗伦萨地区水汽蒙蒙的景物表达得活灵活现，而且，从人物右边看过去，地平线仿佛在下移，人物似乎在向上飘升，而从人物左边看过去，地平线又仿佛在上抬，人物则似乎在向下降落，一幅画中竟有如许多的妙处，真是绝透了！

达·芬奇晚年应法国国王弗朗西斯一世之邀到法国安布瓦兹定居，随身带去了《蒙娜丽莎》，据说弗朗西斯一世在达·芬奇居住的别墅中看到这幅画后，惊讶爱羡到回去睡不着觉的程度，后来就提出来恳请达·芬奇割爱，要多少钱他都愿付，而达·芬奇却郑重告诉他：《蒙娜丽莎》是无价的，在他有生之年，永不会出让，不过在他谢世之后，可将此画留赠弗朗西斯一世，这也就是为什么意大利绘画大师达·芬奇的这一旷世佳作，后来一直陈列在法国卢浮宫博物馆中的缘故。

真正的天才是不会将金钱作为创作推动力的，真正的天才创造出的东西——无论是科技发明还是艺术作品，其价值也是不能仅仅用金钱去衡量的。面对着达·芬奇绘出的《蒙娜丽莎》那永恒的微笑，我们真可以想到很多、想得很深……

错过

　　是的,回顾过去的一年,我们又错过了许多……

　　从在商场所看中的一件很适合于自己,并且价钱也不算昂贵的衣衫,竟因不必要的犹豫,放弃了购买,而再次去那商场,满眼都只是不如那件的样式,这类小小的错过,到明明有一个很好的跳槽机会,不仅去了那里可以收入更丰,更重要的是能与自己的兴趣更贴近,却只是因为决心下得迟点,因而痛失良机,那样大大的贻误……总算起来,真是不少!人生的路啊,为什么,为什么总是充满了这样多的错过?

　　然而细想,可有"万无一失"的人生?

　　错过,一般来说,属于人生的常态,只要我们回顾来路,有所得,从在偶然路过的一家小小书店,意外地买到了久访不得的一本诗集,这类小小的收获,到自己积极参与的一项改革,果然取得了重大突破,那样的精神物质双丰收……算起来,也还不少,我们就应感到欣慰!

　　没错过,抓住了;错过,溜走了。这正是人生的经纬线,见证着我们斑斓多味的存活。

　　没有意识到错过,或许能产生一种自足感,但那意味着灵魂堕入了颠顶的渊薮。能意识到自己错过了什么,在追悔中产生出一种真切而细微、深入而丰富的情愫,则意味着灵魂具备了升腾的能力。

有的所错过的,还有机会再次相遇,正因为对错过有了痛切的感受,当机遇再次呈现时,你便会有高度的应变力与把握力,也许,那最后的结果,是与其在上次侥幸抓获,不如这回你冷静而成熟地驾驭……恰恰是因为你上次的错过,才有了你这次的获得硕果!

有的所错过的,时不复返,机不再来,属于永远的错过,但因为你善于细细咀嚼这错过的苦果,竟能从惆怅中升华出憬悟,乃至于酿出诗意与哲理……你的生命,或许反更有厚度;你的心灵,或许反更有虹彩。

一念之差中,失之交臂了吗?有时我们虽然错过,只要我们立刻意识到了,并立刻追上前去,力挽狂澜于既倒,我们多半也还可以使错过转化为掌握;问题是我们往往在立即意识到了以后,竟滞涩、凝结住了我们的行动,这样的错过,则几近于过错。

错过,即"有所失",我们要习惯它。错过,也往往构成另一种得,我们要品味它。

人生如奔驰的列车,车窗外不断闪动着变幻不定的景色,错过观览窗外的美景、奇景并不是多么不得了的事,关键是我们不能错过预定的到站。

我们预定的到站并不等于人生的终点。但在人生的终点上,我们最好能含笑地说:我虽然错过的很多很多,却毕竟把握了最关键最美好的,这样,"错过"便仿佛是碧绿的叶片,把一生中"收获"的七彩鲜花映衬得格外明艳!

为你自己高兴

朋友小凌自幼双腿萎瘫,在一家印刷包装纸的福利厂工作,业余爱好文学书,常到我家来借,我有一天就对他说:"你怎么不立个大志向,发奋写作,也成个作家?"我自然举出了中外古今的一些例子,又借给他《三月风》,激励他登上"维纳斯星座"。当时他没说什么,过些天来还书,他告诉我:"我没有写作的天分,我就这样当个读者挺好。"临告别时更笑着说:"我活得挺自在。我为自己高兴。"

上个星期天我在大街上看见了他,他骑着电动三轮车,后座上是也有残疾的妻子,搂着他们完全健康的小女儿,三个人脸颊都红喷喷的,说是刚从北京游乐园玩完回来,真的,他们全家都为自己高兴,那是人生中最切实最醇厚的快乐!

为自己高兴吧!我为什么不完美?——别钻那牛角尖。要是别人问:你为什么不如何如何,那么,让我们都像小凌那样,坦然无愧地看待自己,珍爱、享受平凡而实在的人生!

一个作家朋友得了个奖,却很不高兴。为什么?因为有人问:为什么只是个地区奖,而不是全国奖?如果他得了个全国奖,那么又可以问:为什么不是最高奖?如果是最高奖,那么又可以问:为什么国际上没有得奖?如果国际上得了奖,那么还可以问:为什么不是诺贝尔文学奖呢？他真的得了诺贝尔文学奖，也仍然可以极为好奇地、激励他向上地、不间断地问他：怎么你得奖后反倒写得不那么多，而且，怎么写出的作品都不如以前的好，怎么也没有新的突破了呢？……这样一路问下去，会有什么样的结果呢？也许会有正面的例子，但我举不出来，我只知道美国海明威和日本川端康成都是在获得诺贝尔文学奖不久后自杀身亡，也许自己的心理因素非常复杂，但一些评论家讥讽海明威的"江郎才尽"，社会舆论对川端康成达到至美至丰境界的高于富士山的期盼压力，很可能是那诸种因素中相当重要的一种。

不要为自己立下高不可及的标杆，更不要被别人往往确实是出于好心好意的刺激而陷入自卑自怨自责自苦的泥潭！

开电梯的小倪有一天刚从发廊理完发来上班，楼梯里乘电梯的人们说她这下更像电视里出现过的某位歌星了。说一次也罢，后来有的人确实出于好心，出于善意，往往也是出于无聊，出于没话找话，更有出于起哄的，便不断地用这类话来激小倪，比如你为什么就不去试试，也当个歌星，也上上电视呀；你为什么就甘心窝在这个小笼子里呀；你这么好的相貌这么活泼的性格，为什么不起码当个广告模特儿呀……有一天，众人正在电梯里哄着，小倪就高声宣布说："你们说的那位，顶多算个三流歌星，我可是个一流的电梯工！不是我像她，是她长得像我！"说完哈哈大笑起来。小倪在为自己高兴。她高兴自己的工作，自己的平凡，自己的不必上电视，自己的适得其所，自己的不为他人左右……

是的，要为自己高兴，你的个头最适合于你，你的相貌为你所独有，你的身体状况即使不佳即使有残也无碍你内心的自尊与自爱，因为你在诚实地生活，在认真地工作，在挣得你应有的一份，在享受社会应为你提供的那一份快乐，你每天晚上问心无愧地安睡，你每天清晨兴致勃勃地迎接又一个平凡而充实的日子……是的,你不一定要成为维纳斯,不一定升为星座,但你可以尽情欣赏"维纳斯星座",你不一定要出现在电视上,但你在生活中完全可以拥有比那更多的乐趣……

争取不凡诚然可敬可佩,然而甘于结结实实的平凡,如小凌,如小倪,则更可爱可羡……这个世界很大,机会确实很多,然而这个世界也很小,机遇又极为难得,我们应在奋力进取与适可而止之间取得一种平衡,我们要懂得这个世界不单是为不平凡的人而存在的,恰恰相反,这个世界是为平凡的人而存活。

为你自己高兴,因为你的努力奋进已取得了一些成果;为你自己高兴,因为你能够如现在这样也真是挺不错;为你自己高兴,因为你不为自己设置徒添烦恼的标杆,更不受他人那出于好意而设置的缥缈标杆而蛊惑;为你自己高兴,为你那平凡而充实的、问心无愧的存在而高兴!

水自天来眼波横

城市景观中不可无水。即使不傍河海,亦无湖泊,或虽有河湖,但某些大的建筑物与公众共享空间却离那些自然水域颇远,那么,以人工力量来营造小规模的水景,便成为必要的了。

十多年前我头一回去法国,在巴黎铁塔前面和凡尔赛宫花园看到人工喷泉浩然喷发的情景,十分激动,回来后曾撰《凡尔赛喷泉》一文,慨叹中国城市里缺乏喷泉的设置,并初步意会到,中国古典建筑的庭院乃至园林的布局中极少喷泉的设置,是由中国与西洋不同的文化心理所决定的。现在想来,确实如此。在中国人的心目中,"黄河之水天上来,奔流到海不复回"不仅是诗,也是理。中国的地势总体而言是朝东倾斜,因此在经济、文化一贯比较发达的东部地区,人们认为水的存在常态一是"泻",一是"平"。而中国文化中影响最大的儒家文化与道家文化都强调顺应事理天意,故而在中国古代的诗词曲赋中,存在着大量咏赞瀑布与平湖的文句,以水的自然泻落与若镜映物为美:"日照香炉生紫烟……疑是银河落九天""庐山秀出南斗旁……影落明湖青黛光"等等。"水是眼波横,山是眉峰聚",此为大景;"满园深浅色,照在绿波中",这是小景。总之绝少歌咏赞叹水的上喷蹿跳。

以北京为例,紫禁城那么堂皇富丽的庞大建筑群,景点繁多,花样迭出,可是却无一处喷泉。而在西洋哪怕是规模要小得多的皇宫里,也总会有不止一处的喷泉设置。此非不能也,而是不爱也。我们都知道乾隆在位时,宫中的西洋供奉曾为他在圆明园中设计过有"大水法"的西洋楼景点,李翰祥拍《火烧圆明园》时还搭出了大堂的布景,展示那一喷泉齐溅的景观。其实我们并不能找到自乾隆到慈禧特别喜欢那喷泉的文献资料,圆明园的"大水法"只不过是中国统治者偶尔容忍一点西洋"淫巧奇技"的小例子罢了,喷泉始终未能进入中国园景文化的主流。"英法联军"放火焚毁了圆明园,"大水法"那样规模的喷泉可以说便绝迹于中国了。

没有喷泉的中国园林,顺应"水往低处流"的自然属性,却也创造出了种种至美的佳境。《红楼梦》所描写的大观园,以沁芳闸为核心的水景布局,基本上概括出了中国人对水的审美心态。

近十几年随着改革开放的推进,城市人造景观中对人工喷泉的营造成了越来越热门的事情。以北京而论,虽未必有昔日圆明园那么集中、复杂的喷泉组出现,但节日期间天安门广场的临时喷泉,北京游乐园的"水幕电影",一些公众共享空间的音乐喷泉,以及各大饭店宾馆内外的大大小小的形态各异的喷泉,已然构成了一派新的"城中水景"。十多年前,我从法国归来后曾大声呼吁引进喷泉,我以为喷泉不仅润泽着城市空气,可以与现代化的建筑物整合为一种美妙的景观,而且,那种偏"逆水性而嬉弄之"的浪漫情怀,可以激发出我们一种昂扬的创新精神。现在我的诉求可以说已经获得了满足,为此我感到欣悦。

不过我现在的心情又与十多年前有所不同。当设置喷泉在当今的城市景观中已成为滥套时,我倒要回过头来,强调一下我们民族审美传统的继承问题。我感觉,目下一些建筑物内外的喷泉,有一种赶时髦,甚至是盲目"西化"的倾向,或者是"为喷泉而喷泉",全然道不出之所以那样"嬉水"的美学动机。其实,如果建筑物整体是民族风格的,那么,在以水布景时,无妨仍取中国古典式的"泻"与"平"的造境法。比如北京王府饭店,这是一座有中国古典式大屋顶和门前有中式牌坊的豪华建筑,它的前堂,使用了很大的水量来造势,不是用以构成喷泉,而是用以构成瀑布,这就不仅赏心悦目,而且与其整体的建筑风格相吻合,是一个成功的"返璞归真"的例子。其实即使是西洋人以洋美学追求为主体的设计,有时也很会从中国古典美学中汲取精华,取得"出奇制胜"的效果。如上海波特曼商厦那宏阔的公众共享空间中对水的运用,就主要不是使其上扬,而是用沿着墙面流泻与营造出大面积水池,很有点"水自天来眼波横"的意趣。

在美国,俄勒冈州波特兰市公众共享空间中水域的配置,曾在全美乃至西方名噪一时,其实那主要是摆脱了一律喷泉的模式,大量采用了"水自天来"的人造瀑布与"水波漾漾"的人造浅池,用一种"东方(很大程度上是中国的)园林美学"来调剂了其过分反自然的城市建筑景观。当然,波特兰市在人工配置水景时,强调了"应当有用手可以接触到的水"的原则,不仅允许,而且有意营造出一些路人可以用手承接的水帘与可以伸手挑动的浅水,这一富于人情味的美学创意,是很值得我们借鉴的。

在柳树臂弯里

不止一次，村邻劝我砍掉书房外的柳树。四年前，我到这温榆河附近的村庄里设置了书房。刚去时窗外一片杂草，刈草过程里，发现有一根筷子般粗、齐腰高、没什么枝叶的植物，帮忙的邻居说那是棵从柳絮发出来的柳树，以前只知道"无心插柳柳成行"的话，难道不靠扦插，真能从柳絮生出柳树吗？出于好奇，我把它留了下来。没想到，第二年春天，它竟长得比人还高，而且蹿出的碧绿枝条上缀满二月春风剪出的嫩眉。那年春天我到镇上赶集，买回了一棵樱桃树苗，郑重地栽下，又查书，又向村友咨询，几乎每天都要花一定时间伺候它。到再过年开春，它迟迟不出叶，把我急煞，后来终于出叶，却又开不出花，阳光稍足，它就卷叶，更有病虫害发生，单是为它买药、喷药，就占了我大量时间和精力；直到去年，它才终于开了一串白花，后来结出了一颗樱桃，为此我还写了《只结一颗樱桃》的文章，令它大出风头。今年它开花一片，结出的樱桃虽然小，倒也酸中带甜，分赠村友、带回城里全家品尝，又写了文章，它简直成了明星，到村中访我的客人必围绕观赏一番。但就在不经意之间，那株柳树到今年竟已高如"丈二和尚"，伸手量它腰围，快到三拃，树冠很大又并不如伞，形态憨莽，更增村邻劝我伐掉的理由。

今天临窗重读安徒生童话《柳树下的梦》，音响里放的是肖斯塔科维奇沉郁风格的弦乐四重奏，读毕，望着那久被我视为赘物的柳树，樱桃等植物早已只剩枯枝，唯独它虽泛出黄色却眉目依旧，忽然感动得不行。安徒生的这篇童话讲的是两个丹麦农家的孩子，两小无猜，青梅竹马，常在老柳树下玩耍，但长大后，小伙子只是进城当了个修鞋匠人，姑娘却逐渐成为一位歌剧明星，这既说不上社会不公，那姑娘也没有恶待昔日的玩伴。小伙子鼓足勇气向姑娘表白了久埋心底的爱情，姑娘含泪说："我将永远是你的一个好妹妹——你可以相信我。不过除此以外，我什么也办不到！"这样的事情难道不是在每个民族、每个时代都频繁地发生着吗？人们到处生活，人们总是不免被时间、机遇分为"成功者"与"平庸者""失败者"，这就是命运？这就是天道？安徒生平静地叙述着，那小伙子最后在歌剧院门外，看到那成为大明星的女子被戴星章的绅士扶上华美的马车。于是他放弃了四处云游的打工生活，冒着严寒奔回家乡，路上他露宿在一棵令他想起童年岁月的大柳树下，在那柳树下他梦见了所向往的东西，但也就冻死在了那柳树的臂弯里。我反复读着叶君健译出的这个句子："这树像一个威严的老人，一个'柳树爸爸'，它把它的困累了的儿子抱进怀里。"

　　我也算一度"成功"吧？不过比从未成功过的人更惨痛的是，很多人的"成功"也就一度而已，"江山代有才人出"，"成功新秀"往往对"过气"的"成功者""老实地不客气"，几年前我还赴过一次"坛"上的饭局，席间一位正红紫的人士听到有人提到一位老同行，绝无恶意，很自然地说："他还写个什么呀，别写啦，别写啦！"当时我虽面不改色，心中着实一痛，真有"兔死狐悲""唇亡齿寒"的感觉。那也是后来我退出"坛"争，自甘边缘存在的原由之一。现在面对窗外的柳树，我再一次默默地坚定自己朴素的看法，那就是在世为人也有不谋成功的自由，平庸者和失败者也一样有为人的尊严，那位被如日中天的成功者敕令"别写啦"的老同行，当然有继续写作的天赋权利，写不出巨著无妨写小品，写不出轰动畅销的，写自得其乐的零碎文字也不错。记得那天报纸副刊末条是他一则散文诗，淡淡的情致，如积满蜡泪的残烛，令人分享到一缕东篱的菊香。

中央电视台有《艺术人生》节目，每次请的嘉宾都是名副其实的明星。其手法之一，是忽然请出明星昔日的同学、同事、邻居，大都是仍旧平庸的社会存在，他们或动情地忆及被明星坦言忘记的琐事进行颂赞，或举出明星宁愿被他人忘却的尴尬往事小作调侃；主持人则居中将社会宠儿与社会庸常以情感的链条勾连，也就使一般受众在观赏中对成功、未成功的对立状况获得心理润滑。看得出有的明星在这些久违的人物出现的瞬间，多少有些冷然，然而一般在几分钟以后，就都被激活了心底尚存的淳朴情怀，那时荧屏上的声画往往会惹人眼热鼻酸。

我会更好地伺候窗外的樱桃明星，我不会伐去那自生的陋柳，手持安徒生的童话，我目光更多地投向那株柳树。柳树的臂弯啊，这深秋的下午，你把我困累的心灵轻柔地抱住。

人间有味是清欢

如今带"高"字的语汇在报刊上的出现频率很高：高科技、高标准、高档次、高级人才、高考状元、高学历、高级白领、高年薪、高收入、高待遇、高尚住宅区、高品位装修、高档家具、高贵风格、高雅品位、高奖、高走、高扬、高回报、高期望……

"水往低处流，人往高处走"，人们向往自己的生活"更上一层楼"，是合理的心态，而且，这也是整个社会赖以推动物质文明与精神文明的原动力。从二十世纪七十年代末以来，我们国家实行改革开放，到八十年代中期后，更进一步推行市场经济，社会上绝大多数人都从中有不同程度的受益。水涨船高，人们眼界大开，欲望释放，为自己和家庭的生活品质拟定的标准，也便迅疾攀升。其中，不乏"有志者事竟成"者，但有很不少的人，"这山望着那山高"，好高骛远，本来是挺美好的向往，由于欲速而不达，于是心理上焦虑，行为上失常，把自己人生"剧本"上所设定的喜剧，反倒演成了悲剧。

我以前的两位学生，在"上山下乡"那个历史阶段产生爱情，十多年前结为伉俪，如今他们的爱子，已经上到高中。我和他们一直保持联系，偶尔也到他们家里小坐，他们仍像当年一样，有了什么烦恼，都愿跟我倾诉。前几天夜里，差不多已近子时，我正像往常一样在电脑前写作,忽然电话铃响,拿起接听,是那对伉俪里的男士,气喘吁吁地说:"刘老师,您现在能不能接待我?"我当然应允了他。原来,他家出事了!那天晚上,他发现儿子虚报了考试成绩,一时大怒,把正吃着的一碗面朝儿子身上摔去,妻子本来也在生儿子的气,见他失常又同他冲突起来,两口子冲突时,儿子负气出走,两口子发现后又赶紧外出寻觅,后来总算通过打一系列电话,知道儿子去了姨姥姥家……他在街上用投币电话求我接待时,妻子去姨妈家与儿子会合,却不许他也去。据妻子说,儿子在跟他顶嘴时,喊了一句:"我跟你拼了!"他当时满脑子飘火苗,并没听清……他坐在我面前时,失神落魄地喃喃自语:"怎么弄成了这个样子?他真会跟我拼命吗?她会跟我离婚吗?"

我细细询问那已过不惑之年的父亲,才搞清楚这场家庭纠纷的症结何在——仅仅为了儿子物理考试中的一分之差!他们自己因为青春期没得到受正规教育的机会,目前所从事的职业都很一般,所以把获得高学历、高职位的人生理想,一股脑倾注到了儿子身上。儿子应该说也相当地努力。他们要求儿子在考试中无论哪科都绝不能低于九十分,儿子居然基本上也都能达标,最近一次物理考试,儿子偏只得了八十九分,因为怕受责备,谎报为九十分。他对儿子的要求比妻子更苛刻,必须每回考试要比上回分数更高才行。他记得上回儿子物理考试是得了九十一分,这回少一分,已应责备,在与物理老师电话联系后,得知儿子其实仅得八十九分,撒了谎,这还了得!结果,这一回弄得天翻地覆,好好的一个家,似乎濒临爆裂的边缘。

静夜里,跟他细谈,竟很难一下子令他心平气和。他如瀑布直挂似的向我诉苦。他说,现在学校里开始实行"减负",可是不少老师,特别是他这样的家长,心理上很难减除焦虑,因为就在报纸上宣传"减负"的同时,却又似乎在加大对高科技高学历高级人才高薪高聘以及"成功人士"的宣传。近来又有"知本家"一说,意思是如今靠资本发家已经落伍，要靠"知本"才能出人头地。他和妻子那一代既不可能成为"资本家"也无望成为"知本家"，错过了以"成家"确立人生价值的机会，那么，现在说什么也得让儿子登上成为"知本家"、跻身"成功人士"的"时代快车"啊……

　　对谈中，我也不时梳理着自己的思绪。我是坚决主张学校给学生"减负"的。我以为，要真正做到"减负"，关键在于必须确定"平凡人士"的人生价值。高考今后恐怕还得"以分取士"，因为"分数面前人人平等"固然有若干弊病，却总比离开分数诸如"推荐""综合评定"之类，听来非常理想、施行起来弊病一定更多的方式，更能保障无权无势无靠山无背景的普通人的权益。但即使在世界上的发达国家，也不是人人都上大学的。尤其在我们国家，上大学的人会在很长的时期里，都只是同龄人中的少数，而且即使是上大学，也并非都去学习最尖端的科技，不会都成为微电子技术方面的人才，不可能都成为硕士、博士，都成为"知本家"去创业谋利，更不可能都成为比尔·盖茨那样的人物。我们的传媒在这方面的宣传引导可能有些问题，至少在"减负"和"知本家"的宣传上还没有圆成一个统一的逻辑。我劝我那过去的学生且不要太重视传媒上应时应景的响锣重鼓，自己先把人生价值的标准从高不可攀的尺度上，降到一个更合乎自家实际的位置，尤其是对儿子的期望值，不必定得那么高。人世间哪有只能一步高过一步，不许回落不许起伏，只能成功不能失败的道理呢？比尔·盖茨的事业也会盛极而衰，眼下他就麻烦一大堆嘛！我们不要贫穷，拒绝没有尊严的生活，不放弃任何提升自我生活品质的机会，但我们如能在事业上小有成就，物质上达到小康，精神上健康快乐，即使算不得"成功人士"，当不成"知本家"，只不过是社会上平凡的一分子，又有什么可遗憾的呢？甚至于，上班只是为老板打工，下班后能有个温馨的小家，钱不多而够用，社会知名度为零却有爱自己的亲人和不必太多的几个好友,也就算得上满不错的人生嘛!

我过去的学生渐渐平静下来。我念了一首宋代文学家苏轼的《浣溪沙》给他听,那最后一句是"人间有味是清欢",我劝他仔细体味。苏轼填这首词的时候正被贬官,离开了社会的中心位置,不可能过钟鸣鼎食的富贵生活,他却从平常的春茶与素淡的青菜中发现了生活的诗意,得出了"人间最有味道的东西是清幽的生活情趣"这一结论。

一周后我去他们家,进门就见到他们新买来的一盆巴西木。迎进我之前,女士正舒舒服服地坐在沙发上看电视里的综艺节目,丈夫和儿子则在儿子那间小屋里下五子棋。我落座后,儿子关上门钻研他的功课,两口子关上电视,跟我茶话。我们都没再提起那惊心动魄的一夜。他谈及已经攒够了钱,今年夏天要安装空调,她笑说还打算一家人去逛一趟香山植物园。两人提及正和儿子一起商讨明年究竟报考哪种大学,儿子表现出了对植物的兴趣,也许学了那专业并不能成为"知本家",发不了财,可是一个人若能把自己的职业跟爱好结合起来,岂不是更有名利以外的幸福感?他们还都在企盼着生活的提升,却少了盲目攀比的焦躁,添了"有多大的园子种多少菜"的务实精神,回归平凡,享受小康……在他们那温暖的小巢里,我心里如歌般地萦回着那千古名句:人间有味是清欢……

给心花以和风

一位白领小姐,大清早上班时在电梯前遇到同事樊姐,点头问好毕,樊姐立即望着她尖声评论说:"呦,你今天的发型怎么瞅着这么别扭!你这种尖下巴颏的脸盘千万别这么折腾!"说完拊掌大笑。樊大姐的两句"酷评",弄得她一整天心里发堵。

一位退休工程师,在路上遇到参加某项活动回来的邻居,互打招呼后,邻居问他去做什么,他说去看电影,那邻居听了电影名字以后立刻"酷评":"嗨,那种小市民趣味!不看也罢!"分手后,工程师虽然还是朝电影院而去,但心头一直梗着"小市民趣味"五个字,到了售票窗口前,心里竟出现类似罪感的情绪,到头来没买那票,改为逛商场,却始终再难恢复原先的怡然心态。

我们每个人的生命,从心理角度看,其实是存在于连续不断的情绪之中,而好的情绪,或者说兴致、情趣,则仿佛心情树上开放的花,这样的心花无论是蓓蕾状态,还是已然灿烂地张开,对于生命存在来说,都弥足珍贵,自己要多多培育,加倍爱惜。别人呢,对之视而不见、麻木不仁,不算什么问题,因为很难要求他人对你的好情绪花上添香,但如果是看出了你的好情绪,不但不予和风吹拂,反而给你败兴,犹如妒花风雨,摧蕊折瓣,那就有失厚道,不足为训了。换个位置,别人有好兴致,我们不是助兴而是败兴，细想想，有的事情似乎极小，但我们施以"酷评"给别人造成的心理伤害，有时甚至用"惨无人道"形容，也不过分。

当然，蓄意败人兴致的恶意劣行，在生活中并不多见。像上面所举的两例，那位樊大姐之所以那样，多半是所谓"心直口快"的性格使然，她并没意识到自己在败别人的兴，反会在"有话直说"的宣泄中获得瞬间的快感，弄得人家一天不痛快，她是浑然不觉的。那位直言别人想看的电影是"小市民趣味"的主儿，"酷评"的自觉性比较强，显然他一直对同楼的退休工程师心存贬抑，也就是不怎么看得起人家，总以为自己层次高、别人没水平，所以在那邂逅中，他的讥词一触即发，但你要说他有多恶毒，也未必，两人分手后，他也就把这事抛诸脑后，并不存有处处、事事要贬损那退休工程师之心。

私下里，背靠背，我们发表点对他人的讥评訾议，在所难免，亦无大碍，但切不可对他人的好兴致"迎头痛击"。一次在公园里，我和妻子看见对面走来一对牵手的恋人，那男的比女的矮了一头，面目似乎也没女的顺眼，我和妻子回到家里谈起，都觉得不大般配，但当时我们没有交换看法；没想到，另外几个小伙子，却在公园甬路上，当着那一对恋人的面怪笑起来，有的还故意嚷："嘀，武大郎潘金莲啊！"那对恋人原像盛开的花朵，在这种摧花邪风袭来时，顿时气恼色变，所幸没有发作，隐忍住没与恶谑者争吵，但他们生命中的快乐心花，在那时惨遭砍折，败兴后的灰暗情绪，不知会延续多久。

我们必须深刻地意识到，不仅选择什么恋人是神圣的隐私，就是改变发型，穿什么衣服，戴什么耳饰别针，在书店里选购一本什么图书，喜欢吃一种什么零食……特别是由于这些日常生活里的普通事、小乐趣，而使得一个人心花张开蕊瓣，瑟瑟放香时，那生命的尊严是不能予以亵渎的。不仅给自己的心花，也给他人的心花以和风吧。这种修养，是每个人都应具备的。

栽棵自己的树

四十多年前，随父母住在机关宿舍大院，那个院落是个典型的四合院，我家所住的厢房门窗外，有株高大的合欢树。一个星期天，忽然来了个面生的老头，绕着那合欢树转悠，又抚摩树皮，拣起落在地上的花，夹在手指缝里，嗅个不停，后来就站在树下发愣。我那时系着红领巾，在院子里玩耍，觉得他十分可疑，就过去问他找谁？他说找的就是这棵树，这树是他父亲带着他，亲自栽下的。我立刻跑回屋，向爸爸报告，说外头有个老头，搞反攻倒算呢！爸爸就走拢窗前朝外望，我催爸爸出去轰他，这时，那老头也就拿着一簇花离去了。爸爸对我说，他认出那老头，是国务院参事室的，不熟，但肯定不是坏人。这院子原来是他家故居，对这棵合欢树有感情，忍不住来看望看望，属于人之常情，不必去干涉他。

北京的古都风貌，直到五十年前，还可以用"半城宫墙半城树"来概括。人们现在仍津津乐道胡同四合院文化，不过大多只把注意力集中在北京胡同四合院的建筑形态上，对胡同四合院的树文化，似乎重视得还不够。胡同里的遮阴树属于公树，这里暂不讨论。四合院里的树木，在过去是属于房主的私树，那些私家树往往是第一代房主亲自挑选树种，并且其中至少有一棵，是其亲自栽下的。四合院里最常见的树种有槐、榆、杨、柳、松、柏、桧、枣、梨、杏、毛桃、核桃、柿子、香椿、丁香、海棠等等。四合院里的树木，不仅用于遮阴、观赏，也不仅是取其花、叶、果食用，往往还同主人形成某种特殊关系，或含有纪念意义，或表达某种祈愿，或切合主人性格、体现出某种刻意追求的文化格调。最近继续研究曹雪芹和《红楼梦》，特别注意到曹家的树文化及《红楼梦》里的以树喻人、营造诗意的美学特性。曹雪芹曾祖父曹玺在南京任上，亲手在花园种下了一棵楝树，后来他祖父曹寅对此树倍加爱惜，还绘图征题，集为四五巨卷，当时的文豪名流，几乎全都襄与其事。楝树既非名贵树种，其花更不华美，而且结子味极涩苦，曹玺手植、曹寅咏叹，其用意均在教诲后人勿忘其作为满人的包衣世奴的苦涩身世。《红楼梦》里没写到楝树，说明它并非曹氏的家史，但却又一再通过书里赖嬷嬷向儿孙辈感叹"你吧哪知道那'奴才'两个字是怎么写的"等细节，把曹氏的兴衰际遇浓浓地投影在了字里行间。《红楼梦》里的大观园，贾宝玉住的怡红院里蕉棠两植，林黛玉住的潇湘馆翠竹成丛"凤尾森森"，探春住的秋爽斋后廊满植梧桐，妙玉所在的拢翠庵冬日白雪中红梅盛开，包括薛宝钗所住的蘅芜院不植树木只种各色香草，全都关合着人物的性格命运。中国传统文化通过各种方式给我们留下丰富的遗产，其中的树遗产也是异常丰富的，如清代纪晓岚给我们留下了诗文，留下了足以供今天电视剧戏说的趣闻逸事，也留下了一株至今每春花如瀑布的紫藤，那不仅有观赏价值，更氤氲出一种雅致格调熏陶着后人。

保护四合院文化，其中也应包含保护四合院树文化的内容。在电视剧《贫嘴张大民的幸福生活》里，我们可以看到如今北京的四合院沦为了拥挤不堪的杂居院的情景，其中有个细节是张大民不得不把一棵大树包在了自己加盖的小房子里，那些镜头的语意是十分丰富的。如果我们再不努力保护北京胡同四合院的树木，那么，再登到景山顶上眺望全城时,将不复有"半城树"的景观,纵使能望见许多新拔起的"楼林",恐怕心里也不会舒服。

现在,在自己居住的地方栽一棵自己的树,对于北京人——也不仅是北京人,各个发展中的经济区里,人们的处境大体相同——基本上是可向往而难以落实的一桩事了。就城市居民而言,通过纳税,而由有关部门用税款来营造公众共享的绿地,栽种属于大家的树木花草,是社会发展的新模式。但我以为,让一个人至少和一棵树建立更私密的关系,这一北京胡同四合院——也不光是北京胡同四合院——在我们民族世代生息的所有地方,其实都有着手植私树传给后人的文化传统。树比人寿长,前人栽树,后人乘凉,栽一棵自己的树,寄托志向情思,留给下一代甚至很多代,让他们在树荫下产生严肃的思绪、悠然的诗意,这个传统不能丢弃。报载,有的城市在郊外设置了不同的林场,有的用于新婚夫妇植树纪念,或生下孩子或孩子开始上学时植树纪念;有的用于殡葬,把骨灰埋在树下,死者从树中涅槃,思念者望树生情,这都是很好的变通方式。

参加公益性的植树造林活动,自然应该积极。倘若有一块自己可以支配的园地,就该兴致勃勃地栽棵自己喜欢的树。近年我在远郊有了一间书房,窗外有块隙地可以种树,妻子帮我栽了一棵合欢树,这既是与我童年时光的对接,也意味着我们三十一年的恩爱应该延续。这树又名马缨花,我的写作,仍是骑马难下的状态,那就再摇马缨,继续向前。北京市民却又把它称为绒线花,我更喜欢那昵称里的平民气息,鼓励自己将文字更竭诚地奉献给平凡的族群。但妻子查了书,又找出了此树花期的特殊气息可以制怒消忿的依据,她批评我近来脾气暴躁,希望我能在这树旁调理好心态情绪,雅意感人,怎能不从?栽一棵自己的树,实际也就是净化一颗自己的心啊!

"杜丝"莫问邻

我跟一位白领说见到过杜拉斯,她开头以为我吹牛,我把见到的时间地点和情况告诉她,她双手一握:"哇噻!你好大福气!"这位女士是杜拉斯的"骨灰级粉丝",把翻译成中文在我们这边出版的杜拉斯著作以及相关的传记、评论搜罗殆尽,所收藏的杜拉斯的原创与改编电影《广岛之恋》《情人》等光盘,每隔一段时间就要"鸳梦重温"一番,像她这样的"杜丝",相信在中国还很不少。

我见到杜拉斯,是在二十年前,那天我步行穿过巴黎市政厅广场,再穿过巴黎圣母院广场,过塞纳河桥,到了所谓左岸地区,继续南行,身右的圣·日尔曼教堂古色古香,身左的"双怪"咖啡馆十分著名。我再往前走,右手是条小街,我拐进那条街,街里全是古董式的老楼。我要进入其中一栋,拜访一位法国学者。我按地址找到了那栋楼,正复验着门牌号码,厚重的楼门被缓缓推开,一位个子奇矮、脊背佝偻的老妇人出现在我眼前。我定睛一看,呀,该不是杜拉斯吧?我到法国之前,已经看熟了她的照片,从童年到青年到老年的那些照片,给我印象最深的是戴一副粗框黑眼镜、满脸皱褶的老妇形象,这不活生生地就在我眼前吗?

年轻白领在我讲述过程里,嵌入过好几次质疑与惊叹:"只是像她而已吧？""真的是她吗？那你怎么不求她给你签名？""真的没有人尾随吗？"……

那一年，在巴黎，我与鼎鼎大名的杜拉斯擦肩而过。进入那栋楼房，乘一架古旧的吊框式电梯，找准单元，按响门铃，被迎进去以后，我还满脑子是杜拉斯，与主人寒暄过后，忍不住就问："杜拉斯是你们邻居？"学者夫妇点头。我真想跟他们聊聊杜拉斯啊。我肚子里滚动着一箩筐话题：你们跟杜拉斯为邻，怎么早没告诉我呢？她跟你们来往密切吗？邻居们以她为荣吧？常年近距离接触、观察，你们是不是感受到了她更多的魅力？……但是，我很快就感觉到，主人对杜拉斯完全没有兴趣。当然，他们并不否定杜拉斯在文学艺术方面取得的成绩和具有世界范围内的巨大影响，不过作为一个邻居，他们知道杜拉斯太多的缺点与弱点，我非逼着他们列举杜拉斯的魅力，不得已，他们只能举出几个小例子，说明杜拉斯实际是几乎全楼其他各家都有点厌烦的一个生命存在。

中国的白领"杜丝"听了我的叙说直发愣。我告诉她，"杜丝"莫问邻，其实还可以推而广之，总结成——"名人"莫问邻。积多年人生经验，我以为这大体是一条规律。在杜拉斯住的那栋楼里，没有人欣赏她的"魅力"，还惹出若干闲言碎语；杜拉斯走出那栋楼，附近熟知她的人们，没有人会去特别注意她；她若到"双怪"咖啡馆小坐，也极少有人会凑过去求她签名合影；她若过桥到了右岸，认出她的人可能会注目一时；出了巴黎，会有人凑上去表示钦敬……若是到了法国以外的某个书展签售她的作品的译本，"杜丝"可能会把她围个水泄不通；我认识的那位中国白领"杜丝"自己这样说："若是她突然出现在我面前，我可能会激动得晕倒！"当然，杜拉斯已于一九九六年逝世，"杜丝"们不可能再有与她谋面的机会了。

其实，这个社会人际的微妙规律可以更明快地总结为：远香近臭。

现在一些访谈式电视节目,编导总喜欢尽量找些主嘉宾多年未谋面的旧同窗、老邻居,在录制过程中由主持人突出奇兵地宣布上场,以造成主嘉宾由于意外而产生出特殊的情感波动,达到引人入胜的观赏效果。虽然播出的节目是经过删汰剪接,但是如果我们细心观看,有时候就会发现,知道太多"底细"的同窗、邻居往往禁不住就会道出主嘉宾其实并不希望抖搂出的往昔糗事:不雅的绰号呀,失范的行为呀,寒碜的失败呀……而作为名人、明星出场的主嘉宾,事到临头,只能抑制尴尬,接纳这些"因近知臭"的调侃。

当然,远近皆是好口碑的名人是有的,不过相对较少。其实远香近臭并不是坏事情。知道这一点,对"粉丝"们是一帖清凉剂,可以把对名人的崇拜调整得更理性;对于名人本身,常有近处把你视为平常的目光环绕,想想才是真福气。

隔锅饭儿香

因为宫里薨了个老太妃，贾母、王夫人等都得去参加丧葬活动，而王熙凤又因流产后体虚不能理事，荣国府里的公子小姐们得以能更加率性地欢乐度日。春天芍药花盛开的时候，正逢贾宝玉、薛宝琴、邢岫烟、平儿等扎堆儿过生日，他们就聚在红香圃里大吃大喝，大说大笑，甚是惬意。这样的场合，一等大丫头们是可以参与的，二等以下的丫头如果没有派到相关活计，那就只能望洋兴叹。

芳官本是荣国府里养的小戏子之一，宫里有丧事，元妃不能再省亲，府里一年内也不许再演戏，因此荣国府就把戏班子遣散了，芳官不愿离去，就分派到怡红院当丫头，她自然不可能成为一等丫头，勉勉强强，忝列二等吧。红香圃大开寿宴那天，她没份儿参与，一个人闷闷地留守在怡红院，好不寂寞，虽说也可以出去到园子里跟别的丫头斗草玩耍，终究还是不能到红香圃里一醉方休。

但是芳官有两个优势。一是她性格直率活泼，很得宝玉喜欢；二是她跟管内厨房的柳嫂子关系特别好。宝玉在红香圃那边热闹够了，想起芳官，就回怡红院找她，一找一个准儿，芳官正面向里睡在床上，宝玉就推她起来，芳官就发牢骚说"你们吃酒不理我"，宝玉就拿好多话安抚她。就在这个当口，柳嫂子派人把单给芳官准备的饭端来了。

柳嫂子原来跟芳官她们戏班子的人,都在梨香院里混事由,在那段岁月里,芳官和柳嫂子建立起密切的关系,柳嫂子后来被派到大观园的厨房管事儿,戏班子遣散后芳官恰又分到怡红院,二者的互助互利关系得以顺利延续,芳官答应帮助柳嫂子的女儿柳五儿到宝玉身边来当丫头,柳嫂子呢,不消说,报答芳官的第一方式,就是给她提供精致可口的专享饭菜。

那么,柳嫂子派人给芳官送来的,是怎样的一套配餐呢?书里写得很细:揭开饭盒,"里面是一碗虾丸鸡皮汤,又是一碗酒酿清蒸鸭子,一碟腌的胭脂鹅脯,还有一碟四个奶油松瓤卷酥,并一大碗热腾腾碧荧荧蒸的绿畦香稻粳米饭"。真是色、香、味俱全。芳官一直享受这种特殊待遇,见了只说:"油腻腻的,谁吃这些东西!"宝玉闻了却觉得比往常吃的饭菜还香,先吃了个卷酥,又以汤泡饭,吃了半碗,十分香甜可口。

没想到宝玉吃芳官那"二等丫头饭"的情况,被大丫头袭人、晴雯等知道了,晴雯吃醋,用手指戳在芳官额上,说她是"狐媚子",怀疑她故意约了宝玉来共餐;袭人则平和通达,说不过是误打误撞,宝玉跟猫儿一样,闻见香就要吃一口,"隔锅饭儿香"。

隔锅饭儿香,道出了一个普遍规律。再好的饮食,接连着吃也会倒胃口。平常在家里烧饭吃,也总得不断地换换花样。下饭馆,也不能总去同一家。偶尔到朋友家做客,吃人家一餐饭,其实那菜肴烹制的水平一般,但仍然会觉得口味一新,赞谢之辞出自肺腑。

饮食上如此,人生途程上,适度地尝尝"隔锅饭",也很必要。"隔锅"的概念可以外延很远,隔行隔界隔专业,都可视为"隔锅","隔锅饭"不能当日常饭吃,真那样吃起来,吃不顺当一定倒胃,吃顺了也就无所谓"隔锅",成了"换锅"了。但在守着自己的锅吃本分饭的前提下，偶尔地尝尝"隔锅饭"，那就不仅是胃口大开，觉得"香甜异常"，而且，所汲取的营养，也一定格外珍贵，特别是某些微量元素的摄入，有着至关重要的养生作用。

在《红楼梦》里所描写的那种社会环境里，青年男女的精神食粮，首先是强制性规定的四书五经，像林黛玉那样的才女，她对孔孟之道、仕途经济是厌恶鄙视的，她那文化修养的"家常饭"是唐诗宋词，如她教香菱学诗时，就特别提到王维、李白、杜甫以及更早的陶渊明等人的诗作，这些"饭"在那个时代是允许随便"吃"的，但是像《西厢记》《牡丹亭》，戏台上的演出可以看，那书却不许读，被指认为"淫书艳词"，但是，一旦她从宝玉手里接过了《西厢记》，一口气读下来，又隔墙听到梨香院排戏的小姑娘们唱出《牡丹亭》里的句子，立刻产生出"隔锅饭儿香"的效应，心动神摇，如醉如痴。

对于我们现代人来说，不必像贾宝玉那样，只是"误打误撞"地吃几口"隔锅饭"，而应该自觉地拓宽自己物质与精神食粮的食谱，多从"隔锅饭"里获得快感、补充营养。

第四辑 唱一首自己的歌

姐弟读书乐

我读初中时,姐姐已经上大学了。我和父母住在北京,姐姐是在哈尔滨上大学,因此,每临近寒暑假,我就盼姐姐回家。

放假了!姐姐回家了!我真是快活得不得了!记得我学会了在墙壁上"贴饼子",就是两手撑地,把双腿往上甩,牵引身体倒竖,把一双脚落到墙壁上。姐姐刚回家,我就迫不及待地在她眼前"贴饼子",希望她发出惊叹声,可是姐姐一点也不夸赞我,还批评我用鞋底弄脏了墙。后来,我又学会了完全不用墙壁支撑身体的"竖蜻蜓"(或称"拿大顶"),姐姐一到家,我就得意地倒立着,在她眼前走来走去,姐姐也仅是淡淡地夸我两句,使我很是败兴。

可是,我还是很喜欢姐姐回北京过寒暑假。姐姐除了帮妈妈做些家务事、跟中学老同学聚会,以及用妈妈的一架老式的手摇缝纫机给自己做新衣,就是看小说。我记得,有时候,她甚至除了吃饭、睡觉,几乎一直斜躺在床上,倚着被褥枕头看小说,可以说,看得昏天黑地!我们的父母,对子女一贯很温情,尤其是对子女看书,只要看的是好书,那么就很纵容,比如说姐姐那么样地一看小说竟看上一整天,爸爸妈妈绝不干涉,更不会催她去做什么家务事。姐姐如此这般地看小说,不跟我玩了,我当然不高兴,有时就跟她捣些乱,比如在她旁边发出怪声呀,假传爸爸妈妈的"圣旨",让她去做某件事呀,可是大都收效甚微,她依然津津有味地只顾读手中所捧的书,而且,她还会忽然命令我,让我给她送杯茶,或让我把她的梳子找出来递给她,以便梳一梳倚靠中搞乱了的头发,我虽嘴里嘟嘟囔囔,实际行动上,却很乐于为她服务。

姐姐读小说的嗜好,很快地,传染给了我。记得有一天,姐姐的中学同学约她出去玩,我便到她床上枕边,翻看她读的那些书,结果,好像是一本《简·爱》,意外地吸引了我,我竟趴在她的床边,一页页地读了下去,直到她玩完了回来,我还在那里读。

那时,作为一名初中生,我原来读的,大体上是些少儿读物,如美国童话《绿野仙踪》,苏联童话《哈哈镜王国历险记》,意大利童话《洋葱头历险记》……当然更少不了安徒生童话和格林童话;除了童话和民间故事,那时我喜欢读的小说有苏联盖达尔的《铁木儿和他的伙伴》《远方》《蓝杯》《鼓手的命运》,中国古典小说《西游记》,以及那时《少年文艺》杂志上刊登的一些短篇小说。当然,也读过《钢铁是怎样炼成的》《牛虻》等少数成人读物。是姐姐,通过她的假期阅读,把我正式引入了成人读物的天地,记得那时,一般是,她先读,然后我接过去读,所读的,大体上分三类:一类是苏联长篇小说,如《远离莫斯科的地方》《茹尔宾一家》《钢与渣》《青年进卫军》《虹》等等;一类是外国古典名著,如《大卫·柯波菲尔》《巴黎圣母院》《欧也妮·葛朗台》《卡斯特桥市长》《安吉堡的磨工》《贵族之家》《复活》《被侮辱与被损害的》等。一类是中国古今名著,如《红楼梦》《家》《骆驼祥子》《死水微澜》等。那时像《青春之歌》等后来风靡一时的当代长篇小说还没出现,所以我们读当代长篇小说不多。渐渐地,我们姐弟间也就读过的小说,很随意地交换些意见,当然,姐姐免不了笑我幼稚,我也免不了跟她抬杠犟嘴,但"开卷有益",在独自默思与相对笑谈之中,也就体现出来了。

初中生读《红楼梦》《复活》这类的文学作品,是否早了一点?我个人的体验是:只要阅读动机是以渴望了解世界、人生为主,又有年长的人加以指导,初中生读这样的文学名著,并不能算过早。现在的初中生即使在寒暑假,也难有时间读"闲书"了,我以为这种局面应予改变。现在城里的初中生,绝大多数都是独生子女,但同学之间,其实也还是可以结成我和姐姐那样的"读伴",在共同吮吸好书精华的活动中,使心灵变得丰富而美好。

生命的一部分

书,是我生命的一部分。

我每天都离不开书。每天必看书。有时忙得团团转,似乎不可能看书,但再忙总得入厕,入厕时我总要读一点东西,如果不是书,那就一定是报纸杂志。所以,最忙的时候我也仍能看书。

有一回出差,路上竟把手提包丢了,到了下榻的招待所,懊丧得不行,手提包里的钞票及一些生活用品固然可惜,最可惜的是带出来的一本心爱的书。我每次出差总要带上一本或几本最提神的书,出差时也同在家里一样,躺到床上后必然要读书,我不能想象,自己可以上床后不读书便安然入眠。但那一晚真够狼狈,临时去借书又不可能,躺到床上后,百无聊赖,浑身不自在,忽然,我眼光扫到了屋中书桌上的台历,啊,那不也可权且当作一本书吗?于是,我兴奋地跳下床,抓过了那一摞台历,那是一份《中外历史知识台历》,真棒!于是我津津有味地翻阅起来,那一个夜晚就此免去了空虚和寂寞,我像往常一样读了书。

在旅行途中,火车上、飞机上,我自然更要读书。

不可一日无书。古人早就倡导过抓紧榻上、厕上、马上的时间读书。仔细想来,马背上何等颠簸,古人却仍要抽空读书,我们今天的条件无论如何总要比马背上好,怎能荒废时间,整天不读一行书呢?

自然,读书要力求读好书,读讲真理的书,传知识的书,陶冶性灵的书,赏心悦目的书。但世上的书多如繁星,也很难说我们遇到的书都那么有价值,那么美妙,怎么办呢? 我的做法是:经过几代读者考验,即经过时间老人筛选,成为名著、经典的书,要作为重点读。时下热门的书,可以拿来翻阅,但要有独立思考的精神,如果觉得确实好,则细读,倘觉得虚有其名,粗读可矣。有一些偶然遭逢的书,无妨翻翻,发现某本书不怎么样、"风得很"、"瞎糊弄"、"骗钱货",也不失为一种收获,因为可以悟出一些关于社会构成状况与人生面临抉择态势的道理。有的社会上普遍认为是坏的书,出于好奇心,我们总想拿来读读,其实只要不让逆反心理把我们的思绪推向混乱与偏颇,在好奇心驱使下把那样的书拿来翻翻也无大碍,绝大多数读过一定数量好书的人会自然而然地排拒那坏书的影响。

当书构成我们生命中的一部分以后,我们的灵魂必将变得充实而丰富,我们的眼睛必将变得明亮而深邃,我们的行为也必将变得理智而富于创造性。

爱书吧,从你识字以后,书应是你不可离异的终生伴侣!

狼·蟒·牛·猫

说起读书一事，我惭愧多于自信，教训多于经验。

我的祖父和父母都是读书人，兄姊们学历也都不算浅，我家虽称不上正宗的书香门第，但是读书的风气一直是浓郁的。在这样的家庭熏陶下，我从很小的时候，便以读书为乐。

开始的时候，我是"狼式读法"，此话怎讲？就是拿到想读的书，心急火燎，在好奇心驱使下，一目十行，匆匆翻页，颇似狼吞，亚赛虎咽，家里人唤吃饭迟迟不动，睡觉时在枕上灯下还要久读不舍。往往是一本二三百页的书，一两天便可读完。读完后见了兄姊同学，还很喜欢复述其中有趣之处，高谈阔论，扬扬自得。这种读法，似也不好一笔抹煞其益处，尤其是一些本不必细读深想的书，直到今天，我对之也还是如"狼"似"虎"，这样匆匆翻过后，总算能知道个大概齐，在自己的知识结构中，算是填补了某些空白。但这种囫囵吞枣的读法，往往造成消化不良，而且因为翻阅仓促，何尝真能过目成诵？储留在记忆里的，多是些碎片式的，或模糊不清的印象。我后来成了职业作家，写文章时随手拈出一些往日阅读印象来，或举为例证，或涉笔成趣，有时不及查书核对，便会马失前蹄，或张冠李戴，或乱点鸳鸯，闹出笑话，引出批评，这些都是"狼式读法"的后遗症。为解决这一问题,一些以往读过,并自以为已读通的书,我现在还要找来重温,当然,不再狼吞虎咽,而是另取斯斯文文的读法了。由我的教训,可见读书人虽然爱书可爱到如虎狼扑食的程度,真正"吃"起书来时,却最好不要像虎狼般生吞活剥。

"狼式读法"已颇可笑,而我还曾有过"蟒式读法"呢!我们都知道,热带雨林中的大蟒,有时会生吞整只带毛的生灵,吞完后便昏昏睡去,可以久久不再进食,让那吞进的东西在其胃肠中慢慢消化,最后,将实在难以消化的残余排出体外,倒也能由此又粗长许多。乍听起来,你会觉得此法比"狼式读法"更加可笑,也更应排拒。但人生多变,境况难测,在某些特殊情况下,"蟒式读法"或实在是出于万不得已,或乃是那特定情况下的自觉选择,虽有弊病,却总比无书可读或有书不读要好。我在二十四岁时遇上了史无前例的"文革",宿舍中原有的一点文学书都被抄走了,也灰了爱文学的心。谁知狂风暴雨的阶段过去,下乡劳动归来,偶然捡拾到半套解放前夕东北出版的《鲁迅文集》,是后半套,译文部分。读鲁迅的书,在那时别人是无法阻止的,于是我便将其从第一页到末一页加以"蟒吞"。说实在的,在当时那种社会氛围里,鲁迅所译的苏俄小说《工人绥惠略夫》、爱罗先珂童话,以及日本武者小路实笃、有岛武郎的作品,法国凡尔纳的科幻小说,还有作为附录印上的曹靖华翻译的苏俄拉甫涅尼约夫的小说《星花》什么的,落目入心,实在诡谲难解,但是我不管三七二十一,通通读它一遍,且存在"胃肠"里再说!度过了"文革"的冬眠期,春暖花开后,回过头来再翻那一厚摞鲁迅译文,我很为那段苦闷日子中的"蟒吞"庆幸,毕竟,经过久久地消化,我从中获得了许多营养,有的"微量元素"尤为可贵!

好的读书方法,应是"牛式",不但细嚼慢咽,而且不止一个胃,有的胃专门用来反刍,把本来就非茹毛饮血,而是斯斯文文吃进嚼过的草料，再加以精磨详研，效果当然极佳；把开卷有益体现得非常充分，而将弊端减少到最低程度。我近年常反刍以往读过的中外经典，像《红楼梦》，就至少反刍过五遍，并且将不同的版本加以比较，在反刍中形成了关于其中"金陵十二钗"最后一钗秦可卿的系统想法，结果产生了探佚性著作《秦可卿之死》。最近我还在反刍叶君健先生所译的安徒生童话全集，这是我十几岁时便珍爱的书，但那时还只懂得欣赏《海的女儿》《野天鹅》等情节新奇的篇章，现在却深能体味其《老单身汉的睡帽》《柳树下的梦》等篇章中的人生喟叹与诗意升华。

现在的书真叫多，且不算音像制品及电脑网络上的读物，光是纯文字或以文字为主的印刷品，就不知每天推出来多少种！在这种情况下，读书的可选择范围非常之大，倒容易弄得读书人手足无措，不知该读什么，该取怎么个读法了。面对这一形势，我现在多取"猫式读法"。我家养了三只大猫，注意观察，发现它们进食有几个特点，都足资我读书时借鉴。一是它们进食前先要以目巡察左右，并对食盆中的食物以鼻检验，绝不轻易下嘴，这启发我选一本陌生的书来读时要十分慎重，不能因此白白耗费宝贵的时间，更不能误食腐物影响心灵健康；二是它们吃东西时不仅细嚼慢咽，还往往摇头晃脑，能十分精确地将鱼肉中的小刺剔除，这启发我读书要善于汲取精华、唾弃糟粕；三是它们一般都不贪食，胃口大开，却能适可而止，我们常用"猫儿食"形容量虽小而已饱足，由此启发我：面对的书越繁杂，越不能贪多求广，还是要先确定好一个时期的读书目的，依次列出必读、可读、可读可不读（即机动安排，时间有富余则读，无富余则放弃）的书名，订出相应的计划，配置好时间份额，一周或半月检查一下自己的执行情况。"猫式读法"实践下来，尤有读书乐、乐融融的效益，故不揣冒昧，写出以供读友们参考。

第四辑　唱一首自己的歌

读自己书架上的书

有朋友来诉苦，说如今书价腾涨，真是莫再读书了，我却不以为然。

我当然并不赞成书价无节制地上涨，但我以为，书价上涨也许倒会促使我们更谨慎地买书——只买那些对我们来说必不可少或确有留存价值的书。

也许是因为以前书价相对其他消费品而言偏低，人们大都买了不少书来排满自己的书架，那位来诉苦的朋友家中的书架不仅爆满，壁橱中乃至于沙发边也都藏着摞着不少书。我问他："你买的书，全都看过吗？"他摇头，再问："看过其中的一半吗？"他想了想，又摇头，再问下去："看过其中的三分之一？"他叹了口气说："也许还达不到，唉，没有时间啊……"

是的，我们都忙，我们甚至没有时间读自己掏钱巴巴地买来的书，我们常常是先把想要的书买到手再说，这本不足为奇，但我们不能容忍自己的这种心态——仿佛只要那本书我们买了并放在书架上了，我们就读过它了似的。不。我们必须郑重地提醒自己——对于任何一本书，只有读过它（不能详读可以粗读甚至可以一目十行地"瞄"过去），它才真正属于我们心灵书架中的一本书。我们不能仅仅买书、藏书,我们必须读书。

我一度达到过凡自己所买来的书皆读过的境况,但近些年我的买书量大大超过了我的读书量,并且,坦白地说,某些书之所以买来,主要是出于一种虚荣心——人家有,我也该有;心理上的浅薄满足欲代替了心灵上的真诚求知欲。亏得我还能自知此弊,所以最近我向自己发出了最后通牒——

请读自己书架上的书,否则,暂停买书!

我于是开始读那些原是买来装阔气、撑门面、摆谱儿、充博学、赶新潮、唬客人的书——结果,我发现自家书架上的书完全够我享受很长的一段时间,我为自己前一阵子动不动问别人"该看些什么书呀?"而脸红,事实上我现在很有资格回答别人的这类问题,并且,我觉得与其告诉人家"该看什么",不如告诉人家"不必看什么",因为唯有读过相当多书的人,才能对一束束的信息做出有信心的价值判断。读书的过程实际上也就是认同和排拒的一个选择过程,读书越多,则选择的余地越大,因而为自己带来的人生机会也就越多。

我把自己的这点经验,介绍给来诉苦的朋友。最近他来报知,他已放慢了买书的步伐,加快了读自己书架上的书的步伐。他还说,如今信息大爆炸,就是书价不涨,可买的书也极多,就是收入大增,也不可能将看中的书全买回家来,因此,今后不仅要认真清理、阅读自己书架上的书,并且,应当认真考虑和设计一下,自己的书架上该是怎样的一种阵容了。我得意地告诉他,这种"个人书架设计"我早已在进行了,其中还包括明智地淘汰掉了一些对自己来说是无用也毋庸收藏的书。不过,我觉得对多数人来说,包括我自己在内,眼下最要紧的还是——

读自己书架上的书。

第四辑 唱一首自己的歌

书中自有酒香来

《三国演义》第二十一回,"曹操把刘备邀至亭中,盘置青梅,一樽煮酒,二人对坐,开怀畅饮,青梅煮酒论英雄",勾心斗智,互佩互嫉,构成小说中一个著名的情节,后来又被搬上戏曲舞台,近年更有电视连续剧表现,脍炙人口,老少咸知。但那煮酒究竟是怎样的酒?罗贯中写小说,重墨粗线,对生活细节,往往一带而过,"三国"故事里频频喝酒,关于酒的具体说明,第二十一回算是突出的了。《水浒》屡屡写绿林好汉们"大块吃肉,大碗喝酒",像景阳冈前酒家"三碗不过冈"的劝告,智取生辰纲时所使用的下了蒙汗药的酒,都构成小说中的关键"扣子",可谓"无酒不成书",但那些酒究竟是怎样的酒? 也语焉不详。电视连续剧《水浒》里,把智取生辰纲时下蒙汗药的酒,表现为无色透明的形态,似乎有如今天的白酒,引出了质疑和批评。因为倘若是蒸馏而成的白酒,哪怕是低度的,也不会让炎热中唇干舌燥的人们觉得可以祛暑解渴,想必那时常见的酒只是粗酿的米酒,酒精度很低,含水量很大。实际上小说所描写的宋代,也还没有蒸馏酒出现,至少,还很稀罕,工艺还不过关。唐朝白居易有句"烧酒初开琥珀光",到宋时被称为"烧酒"的酒也还是这种颜色,直到元代,无色透明的蒸馏酒才流行开来。宋时武松、李逵他们喝的米酒多半浑浊,需用生绢筛去未净的酒糟,所以进了酒肆,吆喝酒保"筛酒来",而这样的酒,也适合大碗大碗地喝,倘是今天白酒那样的酒,就毋庸筛了,酒量再大,也不能论碗,而要一杯一杯地浅斟深饮。

《红楼梦》被称为"中国古典文化百科全书",但就写酒而言,所提到的种类,不算很多,突出的有惠泉酒,即用无锡惠山下的"天下第二泉"酿制的米酒;合欢花浸的酒,这是曹雪芹自家祖上就很喜欢喝的酒;"寿怡红群芳开夜宴"鼓捣光的一大坛绍兴酒等。第八回写贾宝玉在薛姨妈那里喝酒,跟李嬷嬷发生冲突,后来喝得烂醉,以至回到自己房里乱发脾气,把茶盅掼到茜雪裙子上,导致茜雪无辜被撵。草蛇灰线,伏延千里,在八十回后,设计得有茜雪到狱神庙探望入监的贾宝玉等情节。但究竟所喝的是什么酒?书上只说是"最上等的好酒",恐怕也还是米酒、黄酒一类的南方酒。《红楼梦》的故事背景是北京,但贾府来自金陵,因此贾家的生活习惯南北混杂:在饮茶上,比较北方化,不嗜好绿茶,贾母到了拢翠庵,怕妙玉给她绿茶,道:"我不吃六安茶。"妙玉早掌握她的口味,献上的是老君眉,属于红茶或白茶的体系;在喝酒上,则似乎保持南方习惯较深,比较喜欢黄酒。《红楼梦》写酒的品类不多,写酒具却很细致生动,比如琥珀杯、金银爵、乌银梅花自斟壶、十锦珐琅杯、黄杨根整抠十个大套杯……还有大量写不同场合的不同饮酒方式的文字,有很浓厚的酒文化气息。

不过,古典小说中写饮酒细节最丰富生动的,还是《金瓶梅》。该书里提到的酒,品类繁多,不仅有南方的黄酒,北方的烧酒,还有西洋传入的葡萄酒,以及药酒。有的酒如今似已罕见,如"羊羔美酒",据说制法是用米一石,如常浸浆,嫩肥羊肉七斤,曲十四两,杏仁一斤,同煮烂,连汁拌末,入木香一两,同酿,勿犯水,十日熟,酿成的酒极甘滑爽口。再如茉莉酒,制法是用三两白酒,或雪酒色味佳者,不满瓶,上虚三二寸,编竹为"十"字或"井"字,障瓶口,以新摘茉莉花数十朵,线系其蒂,悬竹下令齐,离酒一指许,贴纸封固,旬日香透可成。书中还提到宫廷内造酒、艾酒、河清酒、木樨桂花酒、竹叶青酒、菊花酒、豆酒、雄黄酒等等。该书成于明朝,托言宋事,因此里面人物的饮食习惯不但与今时大异,与《红楼梦》里的描写也很不一样,比如里面的主人公西门庆,他最喜欢的,也是当时一般人认为最好的食物,是鹅肉,宴席上要"鹅为上,鹅为先";而最喜欢喝的酒,是金华酒,当时婚丧嫁娶、探亲访友时的馈赠品里,金华酒也是常备之物。这金华酒由谷类酿成,色黄味醇而微甜,但并非现在我们饮用的黄酒。据说这种酒在明嘉靖时期风靡一时,后来不知为什么忽然衰落,以至渐被淘汰。酒也有其"宿命"吗?

中国到处出酒,究竟哪里的酒最好?其实只要自己喜欢,不管别人怎么说,那就是好酒。据说战国时期,楚会诸侯,鲁赵皆献酒于楚王。主酒吏求酒于赵,不予,吏怒,乃以赵厚酒易鲁薄者奏之。楚王怒,遂围邯郸。故有"鲁酒薄,而邯郸围"一说。古时待客送礼谦称自己的酒不好,即说"鲁酒"。《金瓶梅》写的是山东故事,却也用了此典。不过由此见得,楚人是很会品酒的,现在湘泉酒的口碑越来越好,是否与当年的这个典故有关呢?

给心房下一场雪

书中自有茶香来

中国古典小说里,《三国演义》在生活细节的描写上是点到为止,比如刘备三顾茅庐,经历多次误会,又立候多时,方才终于见到"真佛"诸葛亮。二人叙礼毕,分宾主而坐,童子献茶,什么茶?不再交代,茶具、用水更略而不提。《水浒》则进了一步,对生活场景的描摹,有粗有细,拿写茶来说,就相当细致了。《水浒》中的"王婆贪贿说风情"等情节里,写到王婆的茶肆,那其实应该算是一个冷热饮店,不仅卖茶,也卖别的饮品,如王婆就主动给西门庆推荐过梅汤与和合汤。作者写这些细节,不光是留下了社会生活的斑斓图像,有助于展拓读者阅读时的想象空间,也是揭示人物心理、丰富人物性格的巧妙手段。梅汤,即酸梅汤,应是用酸梅和冰糖熬煮,再添加玫瑰汁桂花蕊等辅料,放凉后,再拌以天然冰碎屑,兑成的夏日上等冷饮。王婆向西门庆推荐梅汤,是看穿了西门庆想勾搭潘金莲的野心,以此来暗示自己可以为其"做媒"。后来西门庆趸来趸去,傍晚又趸进王婆的店来,径去帘底下那座头上坐了,朝着武大门前只是顾望,王婆道:"大官人,吃个和合汤如何?"和合汤应是用百合、红枣、银耳、桂圆等炖煮的甜饮,一般用在婚宴上,作为最后一道菜,象征夫妻"百年好合"。王婆向西门庆推荐和合汤,是进一步向他暗示,自己有帮助他和潘金莲成就"好事"的能力。在《水浒》接下来的文本里，还写到了姜茶、宽煎叶儿茶，以及"点道茶，撒上些白松子、胡桃肉"，等等，可谓茶香渐浓。

中国古典小说，彻底摆脱《三国》式的"讲史"以及《水浒》式的"英雄传奇"，长篇大套地讲述俗世中芸芸众生的日常生活，描写最常态的衣食住行、七情六欲、生老病死，始作俑者当推《金瓶梅》。《金瓶梅》里有不少露骨的色情描写。不但"少儿不宜"，就是对成年人，如果心性不够健康者，恐怕也确会产生出秽淫的负面作用。但《金瓶梅》那生动而细腻地描摹日常生活场景，镶金嵌玉般地铺排出令人目不暇接的种种细节，至少作为一个艺术流派的翘楚，是值得我们肯定、赞叹的。《金瓶梅》从《水浒》中"王婆贪贿说风情"前后的情节生发出它的故事，"借树开花"，起头的文字不仅是模仿，而且是爽性完全照搬，但在那嫁接的过程中，它也有了若干微妙的变化，比如写王婆点茶，《水浒》是"点道茶，撒上白松子、胡桃肉"，《金瓶梅》就直书"胡桃松子泡茶"了。在《金瓶梅》里，不仅写到王婆茶肆的茶，也写到市民家中自饮的茶与待客的茶。比如福仁泡茶，福仁即福建所产的橄榄仁，可以用来泡茶；盐笋芝麻木樨泡茶，盐笋应是盐渍过的笋干，这茶肯定有咸味；梅桂泼卤瓜仁泡茶，有专家指出"梅桂"即玫瑰，这茶大概是甜的；江南凤团雀舌芽茶，这是一种产量很小、极名贵的贡品茶，宋朝已值二十两黄金一饼，而且还往往是有价无市，想买也买不到；蜜蜡香茶，把蜜蜂窝压榨后可提炼出蜜蜂蜡，但俗话把根本出不来味道形容成"味同嚼蜡"，不知怎么当时有人用蜜蜡沏茶，怪哉！榛松泡茶、木樨青豆泡茶、咸樱桃泡茶、土豆泡茶、芫荽芝麻茶……真是茶香阵阵，袭鼻催津。但是，看到如许多的关于茶的描写后，我们不禁要问：怎么当时（著书人所处的明朝，或前推到书中所托称的宋朝）人们饮茶，除了茶叶外，往往还要往茶盏里搁那么多其他的东西？又为什么，到清朝以后迄今，这种饮茶习惯竟几乎湮灭无存？《金瓶梅》第七十二回，写到潘金莲为了讨好西门庆，"从新用纤手抹盏边水渍，点了一盏浓浓酽酽、芝麻盐笋栗丝瓜仁核桃仁夹春不老海青拿天鹅木樨玫瑰泼卤六安雀舌芽茶，西门庆刚呷了一口，美味香甜，满心欢喜"。这盏茶，除正经茶叶六安雀舌芽茶外，竟一股脑加入了十种辅料！其中一看就懂的有芝麻、盐笋（干）、瓜仁、核桃、木樨（桂花）、玫瑰泼卤（玫瑰浓汁）六种，其余四种，栗丝应是栗子切成的细丝，核桃仁里所夹的"春不老"应是一种剁碎的腌咸菜，"海青"可能是橄榄，"天鹅"可能是银杏即白果，"海青拿天鹅"可能是橄榄肉里嵌着白果肉。这哪里是茶，分明是一盏汤了！而且酸、甜、苦、辣、咸诸味齐备，固体多于液体，西门庆呷了一口后会觉得美味香甜，大概是"色狼之意不在茶"吧！

《红楼梦》承袭了《金瓶梅》"写日常生活"的艺术传统，但是，它起码在两点上大大地超越了《金瓶梅》：一是文本里浸透了浪漫气息与批判意识，表达了作者的一种人文情怀与社会理想；一是基本上摆脱了色情的描写套路，虽然也写性，却大体上是情色描写（"色情"与"情色"这两个概念的不同，容当另文阐释）。《红楼梦》里写茶的地方也很不少，但往茶汤里配那么多辅料的例子一个也没有了。第三回写林黛玉初到荣国府，饭后丫头捧上茶来，林黛玉也算大宦人家出来的了，颇为纳闷——她家从养生角度考虑，是不兴饭后马上吃茶的啊——到后来才悟出，荣国府饭后那第一道茶是漱口的，盥手毕，那第二道，才是吃的茶。一个关于茶的细节，对展示贵族府第气派和揭示人物心理特征都起到了作用。《红楼梦》第四十一回"拢翠庵茶品梅花雪"，不仅写到茶本身，还写到种种珍奇的茶具，以及烹茶所用的水，"旧年蠲的雨水"已然令人感到"何其讲究乃尔"，谁知那妙玉给林黛玉等人吃体己茶时，更用了从太湖边上的玄墓蟠香寺里梅花上收的雪,是储在一种叫鬼脸青的花瓮里,埋在地下五年后才开出来的!在这一回关于品茶的描写中,不仅凸显出妙玉偏僻诡奇的性格,也通过成窑五彩小盖钟这个道具,草蛇灰线、绵延千里,为八十回后妙玉的命运结局,埋下伏笔。我最近完成的"红学探佚小说"《妙玉之死》,便由这盏成瓷杯推衍开去,圆己一说。《红楼梦》里还出现过一盏枫露茶,是用香枫嫩叶,入甑蒸之,取其凝露,几次泡泌而成,这碗茶后来竟酿成丫头茜雪无辜被撵,而八十回后,茜雪又在贾宝玉陷狱时,出现在狱神庙中,我在《妙玉之死》中,写到了那一场景。古典名著中的茶香缥缈,既助我们消遣消闲,又为我们提供了多么开阔的想象空间,融注进了多么丰富的思想内涵啊!

唱一首自己的歌

我上中学的时候,自己给自己编了一本杂志,虽是"手抄本、非卖品",却有封面,有扉页,有目录,有插图,而且在封底还有"版权所有,翻印必究"的"郑重声明";在扉页上,用很粗的字体,写明主编是我。这说明,到了上中学的阶段,有的少男少女便开始萌发了自我创造的激情。当小学生时,觉得跟着老师唱歌,能唱得令老师表扬,就非常得意了;当了中学生,虽然也还跟着老师唱,老师夸奖固然也高兴,却不满足了,有时候,就试图自己来哼唱一首完全属于自己的歌。回想当年,我为自己在中学时代就勇敢地朝自己喜欢的方向去展示自己的想象力与创造力而自豪,而欣慰。我今天能成为一个作家,跟中学时代就尝试写诗写小说、编刊物画插图,"唱一首自己的歌",大有关系。

在保留至今的一册初中时的自编杂志上,我读到那时在杂志的"简讯"栏里,关于我语文课上作文成绩总提不高的"本刊讯",那反映出,一方面我豪情万丈,觉得自己俨然可以从事文学创作了,一方面我的语文基本功其实还并不过关。还拿唱歌打比方,想哼唱一首自己独创的歌,这个想法并不错,但是,如果不能扎扎实实地跟着老师学五线谱,学乐理,把五音唱全,把调式唱准,把老师所教的那些歌唱好,并且深入理解了那些歌曲的内涵,对其旋律情调获得了审美愉悦,那么,自己所哼唱的,只能是荒腔野调,也无法将其用五线谱或简谱记录下来。中学时代,毕竟是打基础的阶段,主要精力还应该用在跟老师练基本功上。我那时对语文老师在作文基本功方面给予我的指导很重视,在课堂作文实践上很努力,我想,这恐怕是我今天能靠写作在社会上立足的更关键的一个因素。

把这样一点经验奉献给今天的中学生:跟着老师唱好课内的歌,再大胆尝试唱一首自己创作的歌!

装满自己的碗

一位记者来问我对"中国作家走向世界"(或"中国文学走向世界",两种提法只有微弱差别,这里不细论)有何看法,我说该说的话早在几年前就说过了,懒得再说了。他讶怪我"何以对如此重要的问题漠不关心",我跟他说,这问题对我个人来说,实在很不重要,而且,完全可以漠不关心。

不少中国人把获得诺贝尔文学奖看成天大的事,似乎那才是中国文学、中国作家走向了世界的标志。如果有中国作家获得了诺贝尔文学奖,我会为他高兴。但那很可能仅是他个人的一项名利双收的喜事,中国文学该怎么样,恐怕还怎么样,其他中国作家该怎么样,恐怕就更还是那么样。尤其是,我们别忘了,现在有很不少的中国作家侨居在国外,有的已获得过仅次于诺贝尔文学奖的某些在西方很有权威性的文学奖项,有的已得到过多次提名,有的其作品被译为西方语种的数量和获得的好评都远超过留在本土的作家们,更有直接用西方语言写作由西方大出版社印行的,根本毋庸再"走向"。这些在"近水楼台"的中国血统作家,其中某一位很可能在最近的将来"先得月",而他那获奖作品,根本就还没在内地出版过,你说那跟我们本土作家的写作,以及本土读者的阅读,乃至本土批评家的工作,究竟能有多大的关系?

我一九九二年应负责评定诺贝尔文学奖的机构——瑞典文学院——邀请访问过,并且有幸聆听过该年度该奖项得主沃尔科特的获奖演说。我那次访问的最大收获,就是知道了瑞典文学院的院士们对有作家为得他们那个奖而写作持笑掉大牙的态度。

作家为什么写作?会有各种各样的出发点和目的。如果有的为走向斯德哥尔摩的颁奖台而写作,我是不笑他的,甚或感到颇为悲壮。那也应该算是一种写作。

就我个人而言,我信奉中国的古训:"守着多大的碗,吃多大的饭。"我的碗不仅不大,质量也非上乘。我深深知道自己的局限性。我是一个定居北京,用方块字写作,并且基本上只依靠一个相对稳定的读者群支持着、近年来越来越边缘化的、正从中年走向老年的、自得其乐的那么一个作家。我挺看重我自己,可是我并不企望别人也像我自己一样看重自己。我喜欢文学,喜欢写作,也不拘泥于文学写作,有了写作冲动,就写起来,或长或短,或可属文学作品,或属非文学文字,写了,很少藏之抽屉,多半觅可容纳的园地发表。发表了,很好,此处发不出,再试彼处,总发不出,也就算了。我受"文以载道"一类的观念影响较深,注重文字的思想内涵,但近年来我越来越自觉,也自如地,只遵命于我自己的生命体验与良知,而非另外的指令。中国文学要走向世界?很好,但这恐怕不是我的一项义务。就我自己写出的文字而言,有一部分本土读者能乐于阅读,我觉得自己的写作使命已经完成了。中国作家要走向世界?如果从狭义上理解,那我也算是多次地出境访问,已然"达标"了,但要我成为所谓"世界型作家",比如一旦出现在纽约或巴黎的书店里,便会有金发碧眼的崇拜者涌上来签名,那么,饶了我吧,那是绝对不可能的——如果那真是中国作家整体应为民族荣誉争取到的一种境界,请把那重任,"历史地落在"别的有那志向的作家身上吧。

也是那位记者，逼出了我上面一番话后，尖刻地说："你是因为自己失去了'走向'的可能性，所以才取这种姿态。其实你这人野心勃勃。你说你边缘化了，又是什么读者群不大了，可是就拿最近来说，又发表着新的长篇小说，又继续在搞《红楼梦》探佚，写出了《妙玉之死》，还涉足建筑评论，更别说时不时地甩出非文学的随笔，散见于各地报刊……难道这能叫'守着多大碗，吃多大饭'吗？"

我笑辩道，这恰恰说明，我是"守碗派"。北京卖美式比萨饼的"必胜客"连锁店，有一个规矩，就是你花一份钱，可以用他们提供的一样大小的碗，一次性地到"沙拉吧"去自取沙拉。为了在一只规定的碗里，尽可能多地装些沙拉，有的顾客真是使出了浑身解数。比如他们先用青豌豆填入碗底，再把黄瓜片斜贴在碗边，使其上半截露出碗沿，这就无形中扩大了碗的容积，然后再往里面装其他东西，"结实"的放底下，"蓬松"的放最上面，装一层，浇一层沙拉酱，最后装出的一碗，比不会那么装的顾客所取用的，一倍不止。这很不雅吗？我问过一位驻京公司的美国人，她的回答是："只要确实吃得完，没什么不好。"也就是说，只要遵守了"游戏规则"，一份钱只取一次，又真有好胃口，不剩下，不浪费，则究竟你怎么取用，吃多吃少，完全是你个人的事，别人毋庸置喙。我曾对北京"必胜客"里，用巧思妙法将自己的沙拉碗装得冒尖的食客，很是鄙夷，也曾对那里的经理建议，为什么不可以改为允许多次取用？只保留不带出店外一条限制就够了嘛，一个食客在店内能吃掉你多少沙拉呢？经理回答我说，不怕食客多吃，怕的是多拿多剩，他们试过，结论是，现在这样"守着一只碗吃"的规矩下，虽也有浪费，但剩弃的毕竟不多。由此想到我自己的写作，其实，也无非是在守着一只碗的情况下，因为胃口确实还不错，把它装得比较满罢了。我想，过些时候，我自己的胃口衰退了，尤其是，阅读我的文字的读者们对我的胃口衰退了,那我往碗里装的,该有所减少吧。倏地回忆起幼年时,家乡一位远亲,那时他很精实,每餐吃饭,都要盛成一碗"帽儿头",上面浇以辣豆花,吃得好香。后来再见到他,已是哮喘的老人,每餐吃饭,盛的饭都不过碗边了——但无论他盛了多少饭,总是吃得粒米不剩。人生也好,食欲也好,写作也好,发表也好,守着一只碗,不逾矩,不浪费,不欺人,不愚己,顺其自然,平平实实地,也许便算有福吧!

气盛出文

我的文章第一回变成铅字,是一九五八年,也就是现在"示众"于此的评论《谈〈第四十一〉》。全文大约一千七百多字,发表在《读书》杂志该年第十六期,《读书》当时是半月刊,十六开本,该文约占一个页码,颇引人注目。那一年我才十六岁,是个高中二年级的学生。在那以前,我给若干报刊投过稿,都被退稿,这篇却被堂而皇之地刊登了出来。现在的读者来读此文,一定会感受到那时中国的文化语境。我的这篇文章的基本论点是阶级敌人之间不可能有共同的人性,这是那个时代的主流话语,在今天,这样的观点似乎已经边缘化了,但仍不失为一种严肃的观点。那时《读书》杂志的编辑接到这篇自发投稿,很快就将它编发了出来,记得封面的提要目录上还用粗黑字体标出,算是那一期的重头文章之一。寄来样刊时,编辑附信,看样子以为我是个成年人,甚至是个学者,希望我"继续不吝赐稿",我当然"不吝",我写得勤着呢,马上又寄了稿子去,但不得不说明我的真实身份,结果那稿子被客气地退了回来。我后来在经历了"文革"劫难终得复刊的《读书》上发表文章,是过了二十年,三十七岁时,那时我已经正式进入文坛。

以一个十六岁的少年,能写出这篇《谈〈第四十一〉》,起码是具备以下三个条件：一、广泛阅读，涉猎多，视野自然宽；二、掌握了理论以后，能够拿来实践，那时候文艺理论上的主流工具，是马恩列毛文论，恩格斯在给哈克纳斯的信件里所提出的"典型环境里的典型性格"的现实主义创作原则，是使用得最多的评论圭臬，这样的理论是大学课堂里才加以讲授的，高中语文课还涉及不到这样高深的内容，我是自己课外去读的，读了就结合具体作品思考，思考成熟了就写成文章；三、十六岁少年，写出这样的文章，敢投《读书》杂志，当然是"少年气盛"的表现，但也正因为气盛，所以文章自我圆满，一气呵成，编辑没做什么修改，是全文照发。这三点里，气盛尤为重要。写文章最怕畏首畏尾，没有自信，哆哆嗦嗦，下笔如贼。十六岁的我，并不认为自己只能写些"习作"投给报刊上的"少年园地"。记得十七岁时读了法国作家罗曼·罗兰的《约翰·克利斯朵夫》《哥拉·布勒尼翁》和他的两部《文钞》还有《革命戏剧集》，就居然写了篇一万多字的《罗曼·罗兰论》，也曾投寄过，被退稿，但毫不气馁，作家文豪，宁有种乎？想到那时最了不起的大文人，势必每天也要如厕，就不信文章只能是由他们来写，书也总只能印他们的。后来把这样的"心得"跟一两个也想当作家的同学说了，他们先是惊诧，后来也哑然失笑，于是大家鼓舞起来，起劲地读，起劲地写，气盛出文，实际上，也出人——出作家，或者别的什么家。中国儒家学说教育我们要谦虚，这里面有精华，但往往弄得我们在权威面前无比谦卑，这就说明其中也有糟粕。我痛感当今的中国，比谦虚更重要的品德是敢为人先，勇于突破。

近来常有传媒记者来问我，对如今的少男少女作家怎么看？我羡慕他们。他们现在不但能在报刊上发表作品，更能出书。我那时候是因为被误会为"非少年"才能在《读书》发表这篇文章的，一旦真相大白便难以为继。另外你看我那文本，虽然文通句顺，却只是努力地去进入主流话语,还不大懂得凸现个性以别一般。我那以后憬悟到以我那么年轻的身份,只能先到报纸副刊上去争取发表"豆腐块"的机会,写些贴近我自己生活的小文章,积累经验,静候机遇。到"文革"前,我大约发表出了七十篇文章,有散文、杂文、小小说、影评剧评、儿童文学等等。当然,后来"文革"爆发,只好惊悚地夹起尾巴;"文革"末期,"写瘾"复发,也曾在当时的准许框架内运笔;到"四人帮"覆灭,一个新时期发端,于是抓住机遇,写出、发表了《班主任》,总算从此走上了写作的正路,一步步走到今天。

　　对于今天的青少年写作者,我要说的概括起来就是三个字:要自信。展开来说,就是:不要被权威吓倒、不要被名家吓倒、不要被头衔吓倒、不要被辈分吓倒、不要被经典吓倒、不要被理论吓倒、不要被评论吓倒、不要被排行榜吓倒、不要被奖项吓倒、不要被潮流吓倒、不要被广告吓倒……天生你才必有用,你有了真实感受,有了灵感勃发,有了妙思佳构,你就气盛为文,一气呵成吧!

第四辑 唱一首自己的歌

动物园里观植物

　　半个多世纪前,有一个少年,随学校组织的春游队伍进入了西郊动物园,看猴看熊,看虎看象……好高兴啊!但是,不知怎么的,他发觉自己走丢了!周围全是生面孔。惶急中,他小跑着找同学、老师,却越来越孤独。他是朝西跑去。那时的动物园,展出动物的区域比现在小太多。西部基本是些野景,有溪流湿地,有高大的乔木、蓊翳的灌木,还有自然生长的野草野花……他无形中放慢了脚步,仿佛进入了一个仙境,不再惶恐,满心欢喜。就在那里,他看见了一排钻天杨,树干笔直,层层树枝全都紧贴着树干往上钻,整个树型活像巨大的毛笔,树叶就仿佛是笔毛上刚蘸的绿墨,润莹莹的要滴落下来……

　　北京本来多柳多槐也多杨,那时候他家所在的那个大四合院西边,就有一排大杨树,早春时分,杨树枝上就缀满"毛毛虫"——其实是杨树的花穗,花穗落地,捡起来,塞到小布袋里,塞得敦敦实实,然后缝牢布袋,成为一个有些软还会变形的六面体,那就是跟院里孩子们玩"拽包儿"游戏的工具,当然,"拽包儿"一般是女孩子们扎堆玩,男孩子多半玩的是弹玻璃球、拍"洋画儿",但那少年偏喜欢跟女孩子们玩"拽包儿",还一起跳"猴皮筋"——扯远了,还说杨树,四合院里、胡同里、街道旁、学校操场边的杨树,都是些枝杈大大咧咧、叶片吵吵闹闹的品种，可是那天那少年在动物园看见的，却是别处很少见到的钻天杨，那奋力钻天的树型，使他小小的灵魂，受到震撼，得到启示……

他在被钻天杨吸引时，还并不知道那树的名称，是回到家里，问起父亲，父亲告诉他的。父亲还把动物园的沿革娓娓道来，他这才知道，那片地方，原来叫作"三贝子花园"，清代皇帝给皇族男子封爵，有亲王、郡王、贝勒、贝子四等，那地方曾归一位排行第三的贝子所有。跟正儿八经的贵族园林相比，这花园里建筑不多，人工雕琢的处所也少，野景为主，野趣迷人。晚清时此地先成为"农事实验场"，引进了一些外国植物，钻天杨原产地是美国，想必就是那时候引种的。后来，又在其东部成立了"万牲园"，从国外买进了一批动物，乘海轮先运到塘沽，再运进北京。新中国成立以后，动物园增添了许多珍奇动物，但大体还保持着"东动西植"的格局。

那次春游以后，语文老师让大家写篇游记，他没有写看动物的感想，写的是看钻天杨后受到的启发鼓舞。发作文那天，他惴惴不安，老师会把他的作文当成"跑题"的反面典型吗？出乎他的意料，语文老师在表扬了好几篇写看动物写得好的作文以后，最后也念了他的作文，而且说了这样的话："有两种'出格'，一种是破坏性的，于人于己都不好；另一种是'建设性出格'，或者，虽然还谈不到是一定建设出了什么新东西，但是，起码是一种好心好意的实验，我们可以叫他作'实验性出格'，这是应该被鼓励的……"他至今感念那位语文老师的指点与鼓励，他到动物园里最深刻的感受却是看到了特别的植物，他那"出格"的个性，能永葆是建设性或者实验性的吗？

在这座拥有世界一流的动物园的都会里，少年已经穿越沧桑岁月，成为一位老人。前些天他和老伴一起，重游那承载着他们太多生命记忆的地方，他们把逛动物园的乐趣，更多地放在了观植物上。好多的柿子树,殷红的叶片落在绿草上,金黄的柿子缀满枝;金银木那凤尾般的枝冠上,结出红珊瑚般的小果实;那株枝条披拂的高柳,一定望见过慈禧太后前往畅观楼的轿子仪仗;那巨塔般的墨蓝色雪松,在沉思着什么?……啊,钻天杨,它们还在!只是更粗壮、钻得更高了。他就跟老伴说,见到这钻天杨,就又一次意识到:学无止境,思无终点。他查阅了相关资料,知道乾隆中期,这地方被叫作环溪别墅,那位"三贝子"死后,这片花园一度为富察明义拥有,这位字我斋的明义,看到过一部来源于曹雪芹的《红楼梦》,写下二十首题咏,收入到自己编就的《绿烟琐窗集》里,非常值得研究。

　　退休了,无工作任务了,但不忘当年语文老师的鼓励,在阅读古典名著的过程里,产生一些新憬悟,公之于众,分享心得,共同讨论。当年那个顽皮的少年,如今在钻天杨面前,庆幸自己仍有一颗不老的心。

图书在版编目（CIP）数据

给心房下一场雪 / 刘心武著. --北京：人民日报出版社，2017.9
ISBN 978-7-5115-4884-9

Ⅰ. ①给… Ⅱ. ①刘… Ⅲ. ①散文集－中国－当代 Ⅳ. ①I267

中国版本图书馆 CIP 数据核字（2017）第203170号

书　　名	给心房下一场雪
作　　者	刘心武
出 版 人	董　伟
责任编辑	陈　红
装帧设计	刘　晓
出版发行	人民日报出版社
社　　址	北京金台西路2号
邮政编码	100733
发行热线	（010）65369509　65369527　65369846　65363528
邮购热线	（010）65369530　65363527
编辑热线	（010）65369844
网　　址	www.peopledailypress.com
经　　销	新华书店
印　　刷	三河市恒升印装有限公司
开　　本	710 mm×1000 mm　1/16
字　　数	206 千
印　　张	16
印　　次	2017 年 11 月第 1 版　2017 年 11 月第 1 次印刷
书　　号	ISBN 978-7-5115-4884-9
定　　价	28.00 元

书目表
SHU MU BIAO

书名	定价	书名	定价
童年	18.00 元	冯骥才精选集	28.00 元
名人传	20.00 元	张贤亮精选集	28.00 元
鲁滨孙漂流记	20.00 元	汪曾祺精选集	28.00 元
汤姆·索亚历险记	18.00 元	高晓声精选集	28.00 元
汤姆叔叔的小屋	16.00 元	沈从文精选集	25.00 元
假如给我三天光明	23.00 元	林海音精选集	25.00 元
泰戈尔诗集	20.00 元	林徽音精选集	18.00 元
老人与海	16.00 元	鲁迅精选集	21.00 元
金银岛	16.00 元	老舍精选集	20.00 元
瓦尔登湖	20.00 元	萧红精选集	21.00 元
在人间 我的大学	30.00 元	徐志摩精选集	21.00 元
战争与和平（上下）	70.00 元	朱自清精选集	21.00 元
母亲	24.00 元	艾青诗集	28.00 元
基督山伯爵（上下）	65.00 元	海子诗集	28.00 元
红与黑	28.00 元	迟子建精选集	28.00 元
堂吉诃德	40.00 元	毕淑敏精选集	29.00 元
三个火枪手	37.00 元	林夕精选集	28.00 元
简·爱	30.00 元	刘心武精选集	28.00 元
飘（上下）	58.00 元	贾平凹精选集	28.00 元
海底两万里	23.00 元	白洋淀纪事	29.00 元
古希腊神话与传说	31.00 元	唐诗三百首	25.00 元
钢铁是怎样炼成的	25.00 元	宋词三百首	31.00 元
复活	28.00 元	寂静的春天	20.00 元
呼啸山庄	20.00 元	我是猫	26.00 元
福尔摩斯探案集	37.00 元	给青年的十二封信	15.00 元
大卫·科波菲尔（上下）	52.00 元	谈美书简	18.00 元
巴黎圣母院	29.00 元	奇迹总会有	30.00 元
悲惨世界（上下）	65.00 元	三千里地九霄云	30.00 元
傲慢与偏见	20.00 元	顾城诗集	28.00 元
莎士比亚戏剧集	20.00 元	西游记（上下）	46.00 元
猎人笔记	22.00 元	水浒传（上下）	56.00 元
昆虫记	18.00 元	三国演义（上下）	40.00 元
镜花缘	31.00 元	红楼梦（上下）	56.00 元
四世同堂	59.00 元		